夜不語

秘檔案902

Dark Fantasy File

無限死亡

夜不語 著

Kanariya 繪

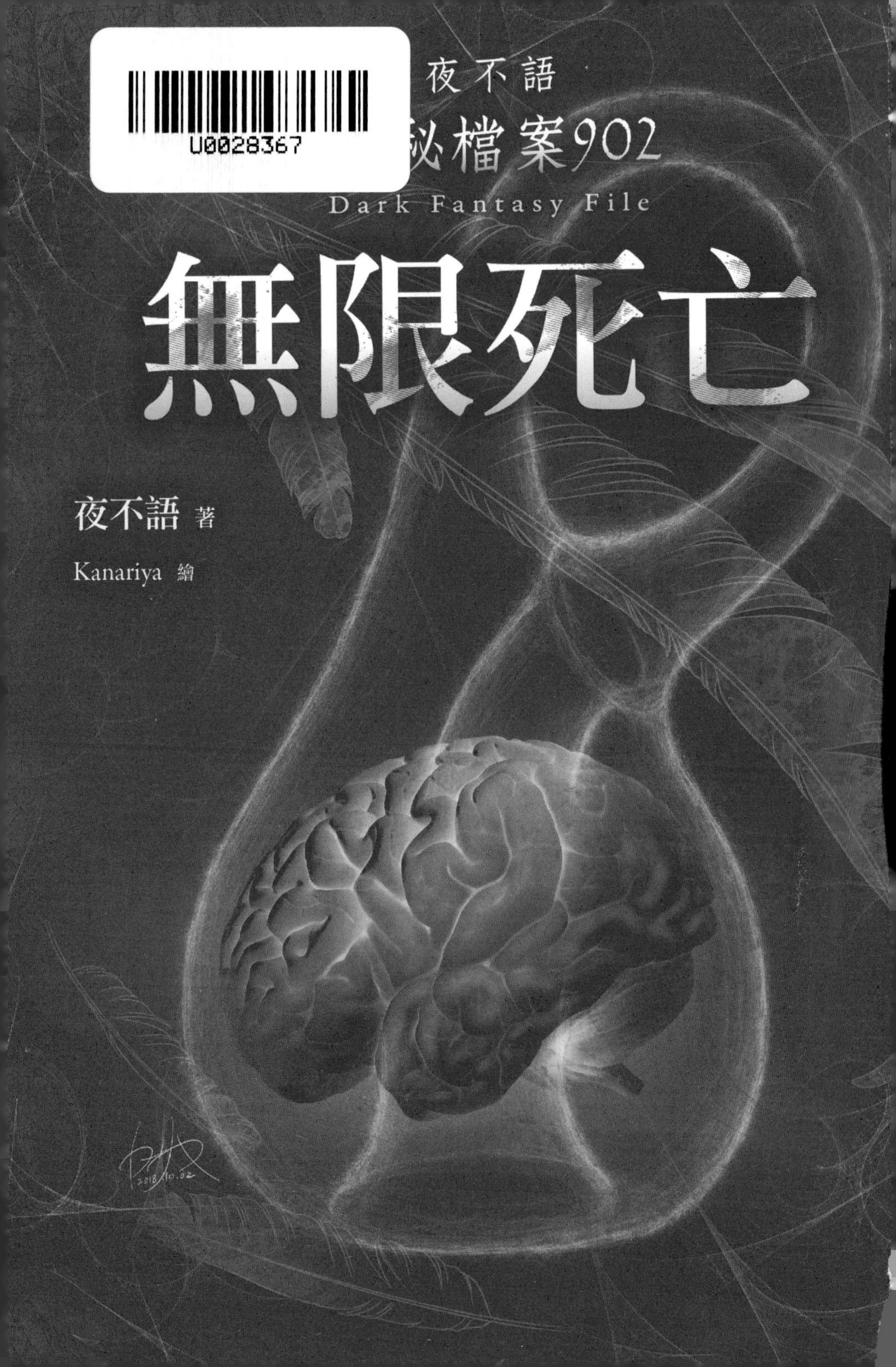

CONTENTS

楔子

女孩第一眼看到男孩的時候，男孩正在看她。女孩羞紅了臉，巧笑倩兮。那一秒鐘，她開始想，她與他第十個孩子的名字。

女孩是寂寞的，在這個擁有兩千萬人的城市裡，她走在熙熙攘攘的人群中，寂寞無比。

寂寞像個漩渦，拉著人下沉，寂寞的人一旦遇到像是稻草的東西，就會死死抓住，覺得自己真的找到了一種自己認可的拯救。

女孩在對著他笑，猶如孤鸞在雲煙霧繞中。淡雅的笑容，盈盈冉冉。

兩個人，朝對方走去。

第一章 突臨的死亡

一切，都要從好幾十天前，說起。

說是好幾十天，其實以正常的人類標準時間來說。應該只是過了一天。

六月十四日那天，我完成了年中的論文答辯，悠閒地回到春城。和老家的幾個朋友敘了敘舊。雖然自己經常回春城，但是每一次都來去匆匆。

這一次我鐵了心，想要好好在家待一段時間。什麼事也不做。下午走出機場的大門，我就打電話約了朋友。大家在街邊的冷啖杯小店吃了燒烤和小龍蝦，喝了些啤酒。

當時正值世界盃開幕，聊天到晚上十點，自己的偽球迷朋友紛紛要回家看世界盃的開幕式。於是先離開了。只留我和沈科兩個完全對足球不感興趣的爺們繼續吃吃喝喝。

「小夜，你說人生是怎麼回事？」兒子已經快三歲的沈科摸了摸自己的頭，「太累了。上班累，家裡帶寶寶也累。我就只剩下開車回家前的那一小段時間，才是自己的。」

沈科苦笑著，用力喝了一口啤酒：「好幾次明明都到家門口了，我卻不敢進去。在車上坐老半天後，才整理好情緒，消化一天的勞累。笑著走進門。咱們十多年朋友了，不怕你笑話。早知道有小孩會失去這麼多自我，老子才不結婚呢。」

作為未婚人士，我無法感同身受，反而沒辦法勸解他。

在人生中，誰不是一棵小草，經歷日曬和風雨的洗禮。每個人都在自己的人生中堅強地活著，像蒲公英種子一樣，隨風飄撒。理論上只要有沃土，就會生根發芽，為人世間帶來一片綠茵！

但實際上，大部分的人，在發芽的途中。就已經死亡在自己的世界中。過著日復一日的殭屍生活。

可這樣平凡的日子，誰說不是一種幸福呢。非得要和我一樣，不知道明天會不會突然在某個超自然事件中死掉，才算刺激才算人生？像我這樣的人生，不要也罷。

「前段時間，我累得實在受不了了。工作到一半，突然將滑鼠一扔。用取消年假為代價，臨時請了三天假。」沈科只是想要傾訴，根本也不需要我的勸。

他只是想要一個知根知底的人，宣洩他日復一日勞累無趣的人生而已。

「我打了電話給小璐，然後坐飛機回自己的老家。沈家大院你還記得吧？」說到這，他語氣頓了頓：「我妹妹沈雪還沒忘記你呢。」

他偷偷瞥了我一眼：「算了，我知道你大概是不可能和她在一起的。就是不知道那傻女孩，什麼時候會想開。」

「哎，你說當初沈家大宅真的拆遷了多好，這時候我就是有錢人了。不用再工作，每天數數鈔票，過沒羞沒臊的好日子。可惜人生沒有那麼多的如果。」沈科嘆了口氣，「一回到老宅，我就看到了自己小時候養的一隻狗。牠已經老了，老態龍鍾的，背都彎曲了。像個行將就木的老頭。牠見我回家，似乎也不怎麼認得我了。用一隻還沒瞎掉的眼睛，瞇著，使勁兒地瞅著我看。終究沒有認出我來。」

「看到那一幕，我很有感觸。不知為什麼，自己竟然不敢踏入老宅裡。我害怕一旦進去了，就沒有勇氣再回老婆孩子身旁。」沈科再一次苦笑，「老家雖然發生過恐怖的事情，但那畢竟是我的家，是我的舒適區。誰離開舒適區後，會不痛苦呢？」

說著，他將啤酒一口喝乾淨，抹抹嘴站起身，「走了，回家陪小孩。」

說著招呼也不打，自己那份消夜的錢也不給，就離開了。只剩下一個孤零零的背影。

我看著他的背影，看了很久。這才似笑非笑的買單，也朝著自己的家，一晃一晃的緩緩走去。

半醉半醒的感覺輕飄飄的，我用鑰匙打開門。老爸依然不在家，他回夜村後，已經許久沒來春城的這棟房子了。

整個家，都靠傭人張姐打理。張姐四十多歲，人挺老實的。幹活也俐落，白天在這偌大的房子中打掃，餵餵院子裡的狗。晚上八點離開。

夜已深。我簡單地洗漱後，舒服地躺在床上，伸展著自己的四肢。

「大家都在看世界盃的開幕式吧？」我猶豫著是否打開電視，但最終還是放棄了。既然是放假，我一個偽球迷都不算的傢伙，幹嘛要孤單的一個人在大宅中可憐兮兮的看球？

自己早早睡，第二天賴了好久的床，才不捨地睜開眼睛。

映入眼簾的第一樣東西，是對面牆上的時鐘。

時鐘的指標，指著九點十三分。

早晨的空氣不錯，敞開的窗戶將白色的窗簾吹拂得起伏不定。窗外傳來一陣古怪的鳥叫聲。鳥兒叫得起勁，但卻不像是春城本地的品種。

我瞪著眼睛模模糊糊地聽了一陣子，硬是沒有聽出鳥的品種。撐起身體，我從床頭櫃上拿起手機瞅了瞅。沒有電話，只有一則簡訊。

是黎諾依傳來的：「阿夜，有沒有好好吃飯啊。聽說你回春城了，會不會寂寞？要我去陪你嗎？」

我撇撇嘴，隨意地回了一句：「不用，謝謝。妳這姑奶奶來了還得了。」

隨手按了一下窗簾的開關。電動窗簾上的白紗向落地窗兩側收攏，露出了這個世界。

果然，今天的天氣好得異常。透過窗戶竟然能看到幾十公里外的連綿雪山。光禿禿的山脊，被雪覆蓋的山頂。密密麻麻地擠在我的視線中，美得像是海市蜃樓。

我的臥室在二樓，樓下院子裡有一棵長滿老繭、樹幹彎曲得十分清奇的老櫻桃樹。樹的頂端停留著一隻有著鮮紅的喙，尾羽極長的鳥。

清早吵醒我的怪叫聲，就是從那隻鳥的嘴巴裡發出的。

樹下的老狗，對著怪鳥嘶吼。鳥兒不屑地繼續用自己的嘴巴梳理羽毛。沒多久，鳥突然驚恐起來。叫著從樹上飛起，不知道被什麼追趕著飛入了天空。轉眼就不見蹤影。

我笑了一下，沒在意。倒是將鳥的模樣記在了腦袋裡，準備得了空到網路上查查到底是什麼品種。

出房間，到了一樓的餐廳，張姐已經將早飯準備好了。

果然，悠閒的早晨就應該從一頓美味的早餐開始。我吃完了飯，準備去逗弄院子裡的狗。也許是很久沒回來了，狗像是不認識我了似的，對著我汪汪大叫。

老爸養的這隻狗是中華田園犬，也就是俗稱的土狗。快十歲了，逐漸有了老態龍鍾的臉。牠的嘴巴咧開，叫得很兇，嘶吼個不停。

我吼了牠好幾聲，這隻該死的狗才迷惑地嗚噎了幾聲。帶著戒備走到我身旁，用頭蹭了蹭我的褲管。

「好久沒聽回鍋肉叫得這麼兇了。」張姐這人好是好，就是挺迷信的，老疑神疑鬼。她皺著眉頭，滿臉不安地看著我：「小少爺，狗最是忠心了。突然不記得自己的主人，可不是什麼好兆頭。您今天最好不要出門！」

「張姐，唉，我該怎麼說妳。」我啞然失笑。如果用狗就能占卜人的運勢，還要神棍來幹嘛？

「這可說不準。當初我那口子就是因為家裡的狗叫個不停，他沒理會，還把狗打了一頓。結果出門就被車撞到，一條腿都沒了。」張姐臉色陰晴不定：「害我吃了大半輩子苦，眼看著兒子上大學了，要享福了。結果下半輩子還得伺候他。」

「好了好了。」我覺得自己跟張姐扯不清楚，連忙岔開話題：「張姐，我中午不在家吃飯。別做我的飯了。」

「喂，喂，小少爺。都說你今天別出門了。不吉利啊。呀，怎麼跑那麼快。」張姐有心讓我留在家裡，對這個從小看我長大的傭人，我還真不好唬弄。只得一溜煙逃也似的跑出了門。

自己在春城的家本來就離市中心不遠，我漫無目的地走在人行道上，難得的什麼也沒想。走過路過和我擦肩而過的五個人裡，就有四個人在談論世界盃。

我不小心聽見了其中一對情侶的對話，引得我啞然失笑。

女友問男友：「昨天我半夜起來，隨手一摸。結果你不在床上。客廳電視的聲音可響亮了。中超聯賽又開始了？怎麼大半夜開踢啊？」

男友額頭飛出一條黑線：「昨晚那是世界盃。謝謝。」

「我看了一眼。中國隊在哪兒？沒看到啊。」

男友額頭上出現了兩條黑線：「跟妳一樣在看電視。」

「為什麼不上場去踢球啊？」

「國際足球總會不准。」男友有些心虛。

「是因為釣魚臺嗎？」

男友沉默了許久，吐出一句：「因為水準不夠。」

女友大驚：「咱們不是有姚明嗎？」

終於男友的臉上全都佈滿了黑線，俐落地掏出錢包：「我信用卡都在裡邊，拿去刷卡買包包吧。算我求妳了。」

這段子一般的對話，令我心情大好。就這樣溜達了一上午，在路邊的小吃店隨意吃了些小吃當作午飯。

我沒心沒肺地準備繼續溜達，直到天黑才回去。心裡樂呵呵的不知為何，突然想起了今早回鍋肉對我那撕心裂肺的汪汪大叫。

瞧，今天不是挺好的嗎？哪有什麼不吉利了。我一邊如此想著，一邊想要右轉，繞到右邊的小徑上，到附近的公園遊玩。

家雖然就住在公園附近，但這麼多年東奔西跑，再加上出國留學。哪怕是時不時會回來，也很難想到去公園。那座公園，大約也有好幾年沒有踏足過，就連模樣都模糊了。

人行道某棟樓頂端的鐘樓，「轟隆隆」的敲擊了兩下。下午兩點了。

突然，一股毛骨悚然的感覺侵襲了全身。一種即將死亡的陰霾從我心底深處浮現，沒等我做出反應，自己已經眼前一黑，徹底失去了知覺。

當我再次醒來的時候，自己躺在臥室的床上。耳畔，傳來不知名怪鳥的叫聲。輕柔的光線，透過窗簾照射在地板上。空氣清新而美好。

我揉了揉睡得有些迷濛的眼睛，迷惑地撐起身體，有些不知所措。睜大的眼睛沒有焦距地掃視周圍的一切，身體，仍舊保留著剛剛那深入骨髓的難受。

我死了？不對啊，我明明就在自己的床上。一個剛睡醒的人，怎麼會是死掉了？難道，剛剛只是做了一個古怪的夢？

自己搖了搖腦袋，很難描述現在是什麼感覺。我看了看對面的牆壁，時鐘指在了九點十三分上。

從床上走下來，赤著腳走到落地窗前，用力將窗簾拉開。

樓下花園裡，樹幹扭曲的老櫻桃樹上，一隻有著長長尾羽的紅嘴怪鳥，正在回鍋肉的嘶吼聲中，安然地站在樹頂梳理羽毛。

「牠要驚慌地飛走了。」我下意識地如此想著。

念頭剛剛湧入腦中，就見怪鳥彷彿被什麼嚇到了似的，「噗哧」一聲飛上了天空。

樹下的回鍋肉見鳥飛走了，這才懶洋洋地回了狗窩。

我的腦子頓時亂了。一切的一切都似曾相識，鳥飛走、狗狂叫，都在昨晚的夢裡出現過。難道，那並非僅僅是一場夢？

我百思不得其解，走下了樓。

樓下餐廳，張姐已經將早餐準備好，擺放在餐桌上。

我下意識地閉上眼睛，沒有先看桌子上的食物。而是在腦子裡回憶了一下。一百八十公分長的大理石桌上，應該有一杯豆漿，兩個大盤子。一個盤子裡裝著油條，還有一份米糕。別一個盤子裡，裝著切好的火龍果和水蜜桃。

等自己睜開眼睛看向餐桌時，我猛地愣了愣。

桌子上的食物和腦子裡浮現的一模一樣，巧合？不對，米糕在本地不常見，這麼多年來，張姐從沒有在早餐時端出米糕來。張姐見我一眨不眨地看著米糕發呆，說道：「小少爺。這米糕是咱家鄉的特產。前些日子我那不爭氣的兒子回了一趟老家，順便幫我帶了些過來。您嚐嚐鮮，是春城買都買不到的美味呢。」

我的腦子有些亂，神情恍惚地將早餐吃罷。心事重重地朝一樓的院子走去。剛一腳跨出門，剛剛還在狗窩趴著的老狗回鍋肉就竄了出來。

牠顯然是認得我的。搖了幾下尾巴小跑著剛來到離我幾公尺遠的位置，突然，牠便不友善起來。脊背上的毛整個豎起，喉嚨開始嘶吼，發出兇猛的汪汪吼叫。

「去，去。回鍋肉，你連自己主人都忘了。」張姐揮舞著手想將回鍋肉趕到一旁，回鍋肉理都沒有理會，始終對著我叫個不停。

那瘋狂的叫聲，那順著嘴角流下的唾液。讓我對眼前養了快十年的老狗幾近陌生，甚至有些感到毛骨悚然。

不對，總覺得今天早晨不太對。昨晚的那場夢實在太真實了。難道是預知夢，又或者純粹是我想多了，是既視感在作祟？

張姐見我神色糟糕，將回鍋肉拉開後，連忙說道：「小少爺。狗突然不記得主人了，可不是什麼好兆頭。您今天最好不要出門。」

出現了，這句話在我的夢裡也同樣出現過。

我的眉頭皺得更緊了。搖搖腦袋，什麼話也沒說，只是鐵青著臉走出了家門。

門外陽光正好，輕柔的風吹拂在身上，我一丁點都沒有覺得舒服。滿腦袋想的都是那個夢，那個該死的夢。

遊蕩了好幾個小時。我甚至特意去了夢裡吃過午餐的那家小店。進門時環顧四周一眼，小店的生意並不好。店裡零零落落地坐著五個人。左側座位各有三個男子獨自霸佔一桌吃得正香，右側座位上一對小情侶一邊吃一邊聊天發出「嗤嗤」的笑聲。

該死，又和夢裡一樣。

「帥哥，想吃點啥？」四十多歲身材發福的女老闆殷勤地問：「今天咱家有特色菜還不錯。」

我張口就說：「粉蒸肥腸對吧？」

女老闆有些驚訝，甚至因為我打亂了她的節奏而結巴起來，「喲，帥哥。您今天已經來咱家吃過了？」

我搖搖頭，苦笑：「來一份粉蒸肥腸，一份白飯，一份例湯。」

說著隨意找了張桌子坐下。

女老闆一臉怪異的小聲嘀咕著，「怪了。明明咱家的粉蒸肥腸是才弄成功的，今天第一天開賣。那小哥怎麼知道的？」

自己的腦子更亂了。直覺告訴我，今天一整天都絕對不對勁兒。

吃完飯，我繼續在大街上溜達。在人行道上，自己猛地一愣。迎面走過來了一對情侶。二十多歲，一男一女都是路人模樣，沒什麼特色。但是昨晚的夢裡，我竟然夢到過他們。之所以還記得，因為夢裡的他們，曾經有過一段令我發笑的對話。

在和他們擦肩而過時，兩人的對話傳入了我的耳道。

那對話，令我寒毛豎起，腳底發涼。

女友問男友：「昨天我半夜起來，隨手一摸。結果你不在床上。客廳電視聲音可響亮了。中超聯賽又開始了？怎麼大半夜的開踢啊？」

男友額頭飛出一條黑線：「昨晚那是世界盃。謝謝。」

後邊的對話，我沒有繼續聽下去。我的身體踉蹌了幾下，險些摔倒。如果說是既視感，這也太完全了。不可能從早上起床開始，就對任何事物與對話都產生既視感啊。如果說昨晚的夢是預知夢……

預知夢，在所有科學體系裡，都是不存在的。

絕對有什麼東西，擾亂了我的思考。

我心事重重地走到了一條岔路。只要轉向右邊，就是一個小公園。自己在夢裡，正是在這條通往小公園的路上死去的。

我下意識地避開了往公園的路，開始往前走。

人行道鐘樓的鐘聲，敲響了兩下。下午兩點到了。夢裡，自己就是在下午兩點死翹翹的。我不由得警戒了起來。還好，時間一分一秒的過去，我身上什麼糟糕的事情都沒有發生。

「果然，只是個奇怪的夢而已。」我鬆了口氣，張口說出這句話。

就在這一刻，一股毛骨悚然的感覺侵襲了全身。一種即將死亡的陰霾從我心底深處浮現，還沒等我作出反應，自己已經眼前一黑，徹底失去了知覺。

在我莫名其妙死去的一瞬間，我看了看手錶。

下午三點十五分。

我在，床上醒了過來。

第二章 危機四伏的城市

這是我第三次從床上醒來。

陽光正好，風輕柔地吹著窗簾。窗外的花園傳來鳥叫和狗吠。我不敢睜開眼睛，愣了好一會兒，將心中那股死亡的難受感消化掉後。這才張開雙眼。

牆上的時鐘，指著早晨九點十三分。我一把抓起手機，只感覺毛骨悚然。六月十五日，昨天晚上是俄羅斯世界盃開幕式。對我而言，卻像已經過了足足三天。

無論怎麼想，如果將過去那兩天都當作是一場怪夢的話，就算是腦袋有問題的人都無法接受。更遑論自詡聰明的我了。

那絕對不是夢。

如果是夢的話，不可能那麼真實。第二次死亡前，我看似漫不經心的在街上走了一圈，但其實我的腦袋全功率運轉著，拚命地測試著世界的真實性。

在臨死前，我非常確定，自己所處的世界是真實的。

既然不是夢的話，那麼，我為什麼會死，又為什麼死後復生，輪迴著六月十五日這一天。特別是，為什麼我偏偏會在九點十三分醒過來？這個時間，有某種特殊的意義嗎？

我百思不得其解。坐在床上呆了好一會兒，這才緩緩來到窗前。拉開窗簾，老櫻桃樹上的怪鳥叫聲已經停了，鳥也飛了。老狗回鍋肉正快快地爬回自己的窩裡。

下樓，張姐看到我就喊道：「少爺，洗漱完嗎？我要打掃了。早餐在桌子上。」說著，提著掃帚開始打掃起一樓來。

我看了桌子上的早點一眼。豆漿、油條、米糕，和記憶裡一樣。同樣的早餐，我已經吃第三次了，感覺有些乏味。

吃完早餐，我朝小花園走去。開門前有些猶豫，但最終自己還是跨出了客廳。老狗看到我，汪汪叫著，朝我跑了過來。

接著牠的行為讓我詫異。

回鍋肉一副認識我的模樣，閃爍著昏花的老眼，搖著尾巴。一邊叫著，一邊親暱地用老臉在我褲管上摩擦。

牠沒有對我警戒憤怒的狂叫，這是怎麼回事？

「小少爺，你多久沒回來了。回鍋肉多想你啊。」張姐打掃到客廳，隨口對我說了一句。

我皺著眉頭，摸了摸回鍋肉的腦袋。奇怪了，和我的記憶不同啊，明明接連兩次，回鍋肉都對著我狂吠，彷彿看到我像是看到了什麼無比可怕的東西。

可是為什麼現在，牠沒對我叫，也沒忘記我。和往常一個樣？

難道，那兩天的死亡記憶，真的只是一場異常真實的夢？這一刻，我懷疑起了自己的猜測。

但是心底深處，還是隱隱地覺得有些不太對勁。接連死了兩次，但如果只是夢的話，那種死亡的痛苦記憶，實在是痛苦得太深刻太讓人難以忘記了。

如果是真實的，那麼今天必然會有導致我死亡的原因。是誰，會在今天殺我？

我想了想，決定今天一整天大門不出二門不邁。既然有人殺自己，那麼必然要找機會。大街上殺我的機會太多，自己家有許多安全措施，要殺我可不容易。

這麼想著，我走回了房間，叮囑張姐注意有什麼可疑的事情或者人，順便將午飯和晚飯幫我端過來。

我打算連臥室都不出。打開電腦，準備找些動漫和小說。舒舒服服地悠閒過上一天。

看了幾集連續劇，抽出書架上的輕小說看了幾頁。時間過得很快，十二點到了。臥室門被敲響，張姐的聲音隨即傳了進來：「小少爺，吃午飯了。」

我確認是張姐後，這才開門將裝滿飯菜的盤子取進來。剛吃了兩口，突然，那股瀕臨死亡的感覺又來了。深入靈魂的痛苦折磨著我的神經，侵蝕著我視線中的一切。我的眼睛變得模糊，意識變得脆弱。

終於眼前一黑，徹底陷入了黑暗中。

早晨九點十三分，我睜開眼睛，醒了過來。

這是第四次醒過來。自己已經非常確定了，那絕對不是夢。我在六月十五日這一天，陷入迴圈重生了四次。

在這一天，有人想要殺我。而且他每一次都得手了，無論我是在街上還是在家裡，他都能殺掉我。

但是最怪異的是，為什麼我每次死後，都會重生？重複著過六月十五日這天？六月十四日我做了什麼，為什麼擁有了死去後不斷重生的超自然力量？

最重要的是，想要殺我的，是誰？

我沉默著，一個鯉魚打滾從床上翻起來。扯開窗簾。回鍋肉正對著歪脖子櫻桃樹頂的長尾巴怪鳥不停狂叫。

怪鳥悠閒地梳理了幾下尾羽後，驚惶失措地從樹上飛起，溜了。這一次我看得清楚，怪鳥飛上天空時，一個黑影從遠方追了過去。

我下樓，腦袋不停地思索著。

昨天，也就是第三次死亡前，我整天都待在臥室裡。什麼危險的事情也沒有幹，更沒有察覺到危險是什麼時候降臨的。但居然比前兩次死得更快。第一次死亡是下午兩點。第二次死亡是下午接近三點時。

第三次死亡，中午十二點剛過。

也就是說，那個殺我的兇手，根據我的行為，不斷調整殺害我的手法。昨天，如果真的要說自己做過什麼危險的事情。

那就是，食物！

我吃了張姐準備的早飯。早飯沒問題，因為我整個上午都沒有感覺到不適。可是中飯，我只吃了一口，就死掉了。

午餐，被下了毒？想要殺我的，就是張姐？

想到這，我緩緩搖了搖腦袋。張姐是兇手的可能性基本為零。但兇手可能先殺掉張姐，裝成她的模樣，在飯菜裡下毒後，端給我吃？

極有可能！

我從二樓來到一樓，張姐正在打掃，見到我就喊道：「小少爺，你醒了？早飯已經準備好了，在桌子上。」

我點點頭，一聲不吭地走到餐桌前。想了想，偷偷將食物捏了一些，藏起來。轉身準備朝花園走去。

「小少爺，你不吃早飯啊？」張姐詫異地問我。

我笑了笑，「今天沒什麼胃口。」

「不吃早飯可不好，電視上說，會得膽結石。」張姐咕噥著。

我拉開了客廳的玻璃門，老狗回鍋肉正在窩裡滾來滾去。見到我連忙跑了出來，跑到一半的時候，突然神情變了，警戒和恐懼讓回鍋肉脊背上的毛根根豎起。牠開始凶戾的狂叫不已，滿嘴的唾液從嘴中流淌下來，打濕了地上的石磚。

自己被牠突如其來的叫聲嚇了一大跳，張姐見回鍋肉叫，連忙走了過來：「去，去，自己的主人都不記得了。」

怪了，明明昨天回鍋肉並沒有衝著我叫。今天怎麼又像是前兩次重生時，叫了起來。自己今天以及前兩次，和昨天做了什麼不一樣的事情嗎？

我越想越覺得有問題。猛地，一股毛骨悚然的感覺浮現在腦海中。對了，是時間！我昨天在床上待得比較久，所以下樓的時間很晚。可今天早晨雖然也浪費了點時間，但我並沒有吃早飯就到了花園裡。

下意識地看了看錶。早晨九點三十分。我記得第一次和第二次死亡時，自己差不多也是這個時間到花園的。

而昨天那次，來花園時已經快九點四十五了。

難道，回鍋肉根本不是忘記我了，也不是對我在叫？而是看到了注意到了我沒有察覺到的東西，所以恐懼的不停嚎叫。

牠，看到了什麼？

無論是什麼，那東西，現在都正在我的背後！

我的後背發涼，猛地轉頭朝身後望過去。客廳裡沒有任何可疑的地方，至少，我什麼也沒有發現。

轉回頭，老狗已經不叫了，搖擺著腦袋不情不願地被張姐拖回了狗窩裡拴起來。

「小少爺，狗突然忘記主人，可不是什麼好兆頭。今天您最好不要出門。」張姐說了這麼一句我無比熟悉的話。她寫在臉上的擔憂沒有一絲一毫的作假。

我苦笑著，揮揮手，打開大門走了出去。

橫豎出門不出門都會死，還不如出去溜達一下，說不定可以找到兇手的線索。哪怕一次找不齊，我還可以找第二次，第三次。死多了，總能知道些東西。

就是不知道，自己死亡後重生的力量，會不會一直延續下去。我心裡有些擔憂，害怕自己某一次死亡後，就會活不過來。

畢竟，那不屬於自己的力量，就連來源，我都搞不清楚。對於未知的事物，我比普通人更加的警戒。

大街上，依然如往常一樣熱鬧。

看看手機，早晨九點四十五分。我用力伸了個懶腰！

好了，來將殺我的犯人揪出來吧。自己可不想再經歷瀕死前那種深入骨髓和靈魂的痛苦了！

我重複第一次和第二次死亡時走的路，順著人行道，走在林蔭小路上。在同一間小吃店吃了午飯。我小心翼翼地觀察周圍的一切，警戒著隨時會在自己背後下毒手，將我殺掉的未知兇手。

當鐘聲遠遠地敲響第二下的時候，我仍舊沒有發現任何異常。下午兩點了，我連兇手的一根毛都沒有找到。

和自己結怨的人不少。雅心的勢力，我多次毀掉他們的詭計。陸平的勢力也算一個。如果每個仇家都想殺我就能殺掉我，我早已經不知道死多少次了。這次我是真的被殺了。想來想去，究竟是誰有那麼大的本事，做到了許多人都做不到的事。

而且，殺了我四次之後，我居然一丁點頭緒也沒有。這讓我十分難以理解。無論是人類還是超自然的力量，實體層面還是精神層面的攻擊。只要存在過，就必然留下痕跡。

四次了。我就連任何有可能傷害我殺掉我的痕跡也沒能察覺絲毫。這種怪異不合理的感覺，讓我非常不舒服。

下午兩點半，我踏入了家附近的小公園。這座公園從我搬到春城後，就一直沒怎麼變化。古色古香，翠綠的銀杏密密麻麻地遍佈小河畔。垂下的青柳，籠罩了河邊用來休憩的木質長椅。

由於不是假日，公園裡的人並不多。我深深地呼吸著公園中略帶著濕熱的清澈空氣，默默遊蕩在熟悉的環境中。

過了三點。

到了下午四點。

很好，這一次我到現在還沒有感覺到瀕死的痛苦。正當我有些開心，覺得這一次肯定能防備住想要殺我的兇手，甚至能抓住他的小尾巴時。

死亡的痛苦感受，又一次籠罩在我身上。我全身每一寸皮膚，每一個細胞，從頭頂的髮到指尖的角質層，都在訴說著臨死的痛。

我仍舊沒有發現任何異常，只是眼前一黑。

醒來時，我再次回到六月十五日的清晨九點十三分，自己的床上。

這張睡了許多年的床，這臥室，這世界的一切。都在我睜開眼睛時，變得面目猙獰。我有種草木皆兵的感覺，似乎視線所及的任何東西，都帶著赤裸裸的致命危險。

該死！已經第五次了，自己究竟是怎麼死的？

我不寒而慄，在睜開眼的第一時間，就從床上跳起來。抓起手機衝出門，將兩隻手機一前一後分別固定在二樓可以拍攝到一樓客廳全景的位置。打開錄影模式。這才平穩住內心的恐懼，儘量慢地走到了餐廳。

九點十八分。張姐還在打掃一樓廁所，餐廳裡沒有她的人影。

餐桌上已經擺好了熟悉的早餐。想想第四次死亡前，本來故意掐了一些食物想要拿去化驗看看有沒有毒的。今天就先處理這件事吧。

我找來一個保鮮袋，把油條、米糕和豆漿分別裝了一些放在口袋中。剩下的食物碰都不敢多碰。

九點二十分。樹上的鳥剛剛飛走，老狗回鍋肉慵慵地回了狗窩。但是隔著窗戶見到我的身影，這隻老狗立刻來了精神，歡樂地朝我跑過來。

回鍋肉用力搖著尾巴，張大嘴，舌頭伸得老長。看得出來，牠的開心根本沒有掩飾。

「小少爺，你這麼早就起床了？」張姐提著拖把來到了餐廳，見到我正在和回鍋肉玩，愣了愣：「你走路都不帶聲音的，嚇了我一跳。你看，早讓少爺你多回來嘛，回鍋肉多想你。」

「我這不就回來了嘛。」我隨意地回了一句。內心在苦笑，自己不但是回來了，而且想走還走不了。每天都在六月十五日不特定的時間死掉，醒來後就在床上。太讓人提心吊膽了。

鬼知道自己這五天，到底在經歷什麼。

我看了看錶，九點二十七分。

「小少爺，你早飯沒吃嗎？」張姐問。

「我不餓，謝謝。就是想一個人靜靜。」我撇撇嘴，心裡隨著時間的流逝而緊張無比。

我蹲下身，摸了摸回鍋肉的頭，裝作漫不經心的模樣。實際上卻偷偷挪到了花園大門一側，和回鍋肉也拉開了距離。

九點二十九分十三秒。

剛剛還開心不已的回鍋肉，背上的寒毛突然豎了起來，牠猛地弓著背，毫無徵兆地狂吠。

這一次我完全看清楚了。火鍋肉果然不是衝著我叫，牠昏花的眼睛一眨不眨地盯著客廳深處，彷彿看到了什麼無比可怕的東西。

牠大叫著，牠恐懼著。

我立刻回過頭去，仍舊什麼也沒有看到。客廳空空蕩蕩的，只有打掃的張姐。張姐被回鍋肉莫名其妙的大吼大叫嚇了一跳，提著拖把走過來，想要把牠拽回去。

「去，去，一大早鬼叫什麼。看把你主人都嚇到了。」正當張姐想去抓回鍋肉，老狗竟然又不叫了。如同牠突然的大叫，牠的恐懼停止得也異常的無緣無故。

回鍋肉用頭蹭了蹭我，爬去花園中的窩裡睡覺去了。

我皺著眉頭，將兩隻手機收回，來到二樓的臥室裡。第一隻手機，我放在二樓的走廊。客廳是挑高設計，在那個位置，可以拍到客廳和花園裡的所有景象。

我緩慢地將手機裡約二十分的鐘影像看了一遍，沒有發現異常。除了螢幕中記錄的回鍋肉那恐懼得全身都在發抖的模樣外，我找不到任何可疑的地方。

第二隻手機，我放在了客廳通往花園的大門頂端。可以拍攝客廳、餐廳的動靜。

這一次我看得更加仔細了。我、張姐和回鍋肉所有的一舉一動都被拍攝下來，一覽無遺。可是從回鍋肉炸響似的突然狂叫到恐懼平息的那一段時間，甚至之前的十幾分鐘。我同樣沒有發現任何一絲疑點。

回鍋肉到底看到了什麼，為什麼怕成那副模樣？到底是什麼可怕的東西，讓牠感覺到死一般的威脅？為什麼我的手機，卻什麼也拍不出來？

想到這，我額頭上流出了幾滴冷汗。

都說狗越老，越會看到人眼看不到的陰暗玩意兒。難道，是幽靈或者鬼在作祟？這世上真的有鬼？我是被無形無色無味甚至看不到的鬼怪殺掉的？

但是，為什麼我又會在死掉後重生呢？更何況，被鬼怪殺掉這個推論，一點都不合邏輯。

我經歷的五次重生，都疑點重重。

自己托著下巴拚命思考。無論如何，都需要弄清楚，老狗回鍋肉在早晨九點二十九分十三秒開始的大約二十多秒區間內，究竟看到了什麼！

或許，這就是解開我不斷死亡又不斷重生，甚至不斷重複著六月十五日這天的關鍵所在！

我在早晨十點整出了家門，在街道上遊蕩。自己想找到這原本熟悉的城市，到底在暗地裡發生了什麼。這不斷重複的六月十五日，真的是不斷重複著嗎？

根據物質守恆定律，時間不可能停滯在某一點。更不可能人為控制。我不相信，自己的死亡會令時間調整回過去。

沒有人擁有這種改變宇宙法則的力量。

我的死亡和重生，怎麼看怎麼透著股詭異的味道。

哪怕我再小心，可我仍舊死了。自己的第五次死亡，死於下午一點半。

我覺得自己，快要瘋掉了！

第三章 死亡的原因

人的微笑可以分為十九種，其中只有六種跟快樂有關。我可以非常明確的自豪的說，我現在的笑容，不屬於那六種笑容中的其中之一。

我第六次在六月十五日的床上醒來，穿好衣服後，什麼也不管地打開大門離開了家。

隨便找了一家剛開門的咖啡廳，打電話給沈科，「老科，你給我到懶貓咖啡廳一趟。現在，馬上，立刻。」

「老夜，老子正在掙錢養家啊。」沈科一邊敲電腦，一邊抱怨。

「我不會說第二遍。」我掛斷了電話。

半個小時後，沈科穿著西裝打著領帶，小跑著推開了咖啡廳的門。他眼尖地看到我坐在窗邊，一臉猥褻地靠了過來：「老夜，不是昨晚才碰過面嗎？這麼快就想老子了。」

「滾。」我心不在焉地罵道。

「那我可真滾了噢。」他是真想要溜。

「……滾回來！」我拽住了他。多點了一杯咖啡。

「咱們這年齡，大清早的喝咖啡會吐，會得胃炎。」沈科笑得很犯賤：「那麼急著叫我幹嘛？我可是跟上司說自己要拜訪客戶跑出來的，待不了多久。」

我沉默地喝著咖啡。他見我臉色不太對勁兒，嚴肅了起來，「老夜，你好像是真遇到事兒了。說吧，是搞上哪家黃花大姑娘了，需不需要我幫你掩護啊？」

他可是看過黎諾依和李夢月，知道我有兩個比妻管嚴還厲害的紅粉知己。

「別說笑了。」我在腦子裡思忖著，怎麼將自己最近的糟糕事以非常不需要文憑的直白方式解釋給他聽：「老科，你相信重生嗎？」

「重生？」沈科眨巴了幾下眼睛：「是小說裡那種魯蛇死掉後，重生到異世界？」

「不一樣。」

「那是魯蛇含冤死掉後，重生到了以前。」

「嗯，比較類似了。」

「我說老夜，你搞什麼。是不是被世界盃弄得腦袋出問題了。我知道，你這個連偽球迷都算不上的，在世界盃期間肯定會被周圍的真假球迷弄得神經衰弱。」沈科指著自己：「我這個偽球迷，都被公司同事聊球聊得要瘋了。」

我瞪了他一眼，將最近發生的死亡以及重生元元本本地以最簡單的方式說了一遍。

沈科愣了愣，端起咖啡喝了幾口，然後一飲而盡。我們從高中開始就是朋友，在那時遇到過幾個離奇的事件，也是一起相互扶持著撐過來的。對於超自然事件，他並不陌生。

「這確實有些棘手。老夜，你是說你一直陷在迴圈中，活在今天對吧。從早晨九點十三分醒來，之後會在今天的某一刻突然被人殺掉。死掉後，又重複著在今早的九點左右醒來。」沈科撓撓頭，「這簡直就是小說電影裡的劇情嘛。」

「可不是。」我聳聳肩，心裡莫名其妙地輕鬆了一些。自己最近積攢了不少的壓力，人是社會性的動物。只有找人傾訴才能將壓力排解。

「你能確定不是在做夢？」沈科小心翼翼地問。

我點頭，「不是夢，我很確定。」

「你比我聰明那麼多，都沒有頭緒。找我有什麼用。」沈科咕噥著，明顯是有些擔心我。

「我一個人陷在這糟糕的迴圈中，反而很難看清楚事情的真相。說不定告訴你後，旁觀者清，能幫我理順些線索。」我回答。這確實是我的其中一個理由。

「我也沒聽出個所以然來。但是，老夜，我覺得你應該先從春城跟你有仇的人查起。例如哪個仇家來了春城什麼的……」沈科撓撓腦袋。

這一點自己當然早就想到了，我第四次重生時就已經查過，卻沒能找到可疑的傢伙。

「還有那條老狗回鍋肉，牠為什麼叫？牠害怕什麼。既然你在客廳裡找不到原因，說不定在房子外面呢。」沈科像是想起了什麼，「上次我有一個客戶，家住在頂樓，但天花板上老是傳來奇怪的聲音，他嚇慘了以為鬧鬼。全家人都想把房子賤賣了搬走。可最後找到原因，完全沒人想得到！」

聽了他的話，我猛地一愣，「你剛剛說什麼？」

「我在說我的客戶。」

「不是這句，是最開始那句。」

「回鍋肉看到的東西，說不定不在客廳裡？這句嗎？」沈科小心翼翼地問。

我從座位上站起來，迅速離開了，「咖啡你請，昨晚各付各的，你這傢伙逃掉了。」

「那麼小氣幹嘛，我不是富二代還有老婆小孩要養，壓力大著呢。」沈科又抱怨起來：「明明你的時間都過六天了，還跟我說昨天。我想對你豎起中指加以鄙視。」

說到這，這傢伙也像是想到了什麼，眼睛一亮。追著我喊道：「老夜，如果你能活到晚上，記得看八點烏拉圭對埃及的球賽，順便在死掉後的今天早晨告訴我結果哦。這可是一夜暴富讓老子人生逆轉的好機會。」

我沒理會那傢伙，立刻回到家附近。自己在春城的家，是許多年前老爸花錢買地自己蓋的。並不屬於任何社區。周遭經過十多年的發展，變得很繁華。但是周圍的房子還是以自建為主。

家裡客廳那一側，是一條小路。通往一個社區，社區裡密密麻麻地住著上千戶人家。

難道，殺我的兇手，就住在那裡？既然我每天都是在九點十三分醒來，那這個時間肯定有意義。

難道兇手，就是在九點十三分開始盯上自己的？而老狗回鍋肉狂叫的時候，兇手就站在窗外看著我？

我躊躇著想要走進附近的社區調查，但又怕打草驚蛇。正猶豫的時候，死亡的感覺再一次來臨。

我第六次嗝屁了。

第七次從床上醒來，第一時間，我就跳下樓，在客廳外的道路上安裝了好幾個監視器。

我躲在道路的轉角處，想要看清楚，每天，早晨，九點三十分，究竟有什麼東西路過，我家的客廳，在我家的客廳外偷偷窺視著我。

那個讓回鍋肉，無比恐懼的東西，是不是，就是殺我的兇手？

自己最近幾天也沒有閒著。我利用手機和電腦，查了許多類似死掉後無限重生的電影和小說。

小說以及電影中，雖然劇情過程都不一樣，他們，得到無限迴圈的能力也是不一樣的。

可有一點卻是完完全全的相同。那就是必須要找到殺掉他們的兇手，這該死的在同一天重複的無限迴圈才會被打破。

我就如同一隻被神丟在莫比烏斯圈上的螞蟻。無論如何爬，都從這該死的只能在四維世界出現的螺旋上不停的重複，逃不出去。

我家附近都是老舊社區，人員比較複雜。居民基本都以老弱殘病為主。老人居多。也由於周圍有幾間大型的醫院。醫院裡的病人為了節省費用，居住方便，也會在這裡租房子。以至於調查起來非常的麻煩。

我把時間集中在九點三十分左右。每天的這個時間回鍋肉都會恐懼得汪汪大叫。這說明了問題的癥結。

時間一分一秒過去。

從九點二十分，一直等到九點二十八分。這個時間不早也不遲。早早，出門，跳廣場舞的大爺大媽們，已經跳完了舞買好了一天要用的食材。陸陸續續地通過我家側邊的小路回到家中。

熙熙攘攘的老年人讓空空蕩蕩的路立刻熱鬧了起來。老年人喧譁著，成群結隊，相互打著招呼，甚至有人就站在路中間開始講起了家長里短，別人家的笑話。一時間讓我看花聽亂了眼和耳。

就在這時回鍋肉的叫聲傳了過來。牠恐懼著，狂吠著。

來了！那瘋了似的叫聲令人不寒而慄。叫聲越過了客廳，穿過了兩道牆壁，就連遠遠的小道上都清晰可聞。

來了，殺我的人，很有可能就在這群麻雀似的背後道人壞話的姥姥爺爺裡。

我精神一振，觀察得更加仔細了。可哀傷的是，當狗叫聲停止，姥姥們走盡後，我也仍舊沒有發現回鍋肉在對誰叫。

這二十幾秒，我一個可疑的老爺子老婆子都沒發現。

我有些絕望了！

不過自己並沒有死心。將監視器拿回來，取出記憶卡。我又重點地將九點二十七分到九點三十三分之間的畫面看了又看。

老大爺老大媽們的行為都很尋常。最主要的是，一大堆人擠在狹窄的巷子裡。我將回鍋肉叫得最兇的時候，路過家裡客廳窗外的人都用紅色的線條圈起來。

仍舊大約有十多個老人家。

這些老人家有男有女，有往回走的，有準備出門買菜的。有的看得到臉，有的看不清模樣。

突然，我「咦」了一聲：「怪了，這地方有些不太對。」

我將不太對的那一幀圖像擷取後，用筆在螢幕上勾畫起來。三個老年人站在我家窗戶下，回鍋肉的恐懼，也是在這一刻達到了最大，叫聲最響。

從外表看，老人們並沒有不尋常的地方。可是他們的手腳，似乎有些怪異。三個人六條胳膊六條腿，可怕的是，畫面上，出現了第七條腿。

靈異照片？我在這多出來的一條腿上，用力畫了個圈。思索了一下，排除了靈異照片的可能。

大凡所謂的靈異照片，都是曝光延遲或者空氣裡的飛塵造成的曝光錯誤。但這條腿，明顯不可能屬於老年人。

那是一條女人的腿。很年輕，就算監視器畫面畫質比較爛，放大後畫面就更加的爛了。但仍舊能排除那條腿屬於曝光錯誤的可能。

有個年輕的女子，努力躲在老人攀談往來的夾縫間。沒有任何老人察覺到她的存在，就連自己的監視器鏡頭，也沒能拍到她的容貌。

這個女人，如果是活人的話，她是如何做到的？

自己設置的兩臺監視器頭雖然不專業，但監視範圍也足足有一百一十多度。就算婆婆姥姥們人很多，也不可能將她全部擋住。

但是那個女人偏偏躲過了我的監視器。她是有意，還是僅僅只是偶然？她知道這條路上有監視器，還是在躲其他什麼東西？

一時間，我疑惑萬千。這個隱藏在老人的陰影中，遮蔽了所有老人注意力的女子，難道就是殺我的真兇？

終於摸到了自己死亡後又活過來的些許可能原因，我精神頓時振奮了許多。剩下的時間，自己透過一些手段，查到了早晨九點之後到十點鐘左右的天眼監視記錄。

我家附近有多達三個天眼城市監視器。每條路，每個角落都覆蓋了。這些監視記錄非常全面，本以為那個女人就算有通天的本領，也會在天眼下露出蛛絲馬跡。

遺憾的是，只靠著一隻腿想識別出那女人的模樣，實在太困難了。恐怕比隨便找到一隻沒有什麼特徵的鳥腿，讓你辨別出那是什麼鳥更加艱難。

正當自己以為恐怕又要一無所獲時，突然，天眼監控記錄畫面中的某個角落裡，出現了相似度極高的一隻腳。

女人的腳每一隻都是不同的，只要記在腦子中，總能找出些許特徵來。那條腿很瘦很纖細，相信腿的主人至少不難看。

我屏住呼吸，眼睛一眨不眨地看著螢幕。看著這條腿的主人徹底露出身影。自己不能完全斷定畫面上的腿，和我今早用監視器拍下來的是同一個人。但無所謂了，橫豎是一條線索。

只要有線索，對我而言就是這暗藏殺機的世界中最亮的曙光。

快了，那個女人就要走入天眼的範圍了。

就在這時，那該死的死亡感覺再次襲過來。我拚命睜大眼睛，想要看清楚那個女人的模樣。

女人纖長的腿在螢幕中露出的越來越多，我甚至看到了一條藍色的百褶短裙的一角。

但最終，在那女子對我敞開更多的線索前。我的眼睛一黑，徹底失去了意識。

我第七次死掉了。

第八次醒過來時，我不由得咒罵了一句。狠狠將床邊無辜的根本沒響的鬧鐘扔在對面的牆上。

鬧鐘的零件，劈哩啪啦地撒了一地。

該死，再晚一些死掉多好。哪怕就只晚兩秒鐘，自己都能在畫面中看清楚那女子的臉。我已經能確定了，每次殺我的人，恐怕正是那個有著纖細長腿的女子。她穿著藍色百褶短裙。

今天，我一定要將她逮住。我不想再繼續陷在迴圈中，自己確實要準備一下了。不是她死，就是我亡！

我將偵探社配發的小槍揣進口袋中可以迅速抽出的位置，穿好衣服衝下樓。來到了客廳外邊。

時間剛好是九點二十分。

我就靠在客廳外牆邊的牆壁上，一聲不吭。經過我的大爺大媽們時常會詫異地看上我一眼，遠遠地繞開了我。

一直到過了九點三十分，花園裡的老狗回鍋肉卻沒有狂叫。我也沒有看到老人中有穿著藍色百褶裙的長腿妹子。

果然，兇手就是長腿妹子。她看到我就站在牆外疑神疑鬼的，所以沒有經過我家窗下。既然沒有經過，回鍋肉自然沒看到令牠恐懼的東西，當然也不會狂吠。

心裡的猜測得到了確認，我長鬆了一口氣。既然如此，既然兇手妹子是人類，而不是什麼亂七八糟的超自然力量，那就好辦多了。

將她的身分挖出來殺掉，或者阻止她殺掉我。這兩個辦法都能有效解決我眼前的問題。

於是我馬不停蹄地找到了春城一個很有能力的朋友。按照自己的要求，他帶我去了一個地方。

那是個位於春城郊外的小鎮。鎮上荒廢的屋子很多，由於人口流失嚴重，本來繁華的商業街也都變得蕭條。

「你需要的東西，應該是這裡最適合。」朋友帶我去了一棟樓下方，推開門，一股悶臭味猛地吹了出來。

我抬頭看了看建築物上碩大的破敗牌子，這裡，曾經是一家商業銀行的大堂。不過早已經倒閉了。

世界總是這麼奇怪，一個人口流入的大城市附近，居然總是存在著這麼一個人口流出的地區。這裡充斥著絕望和凋零，充斥著落魄和蕭索，彷彿就連鬼也不願意在這樣的城市裡久留。

但是這裡，卻是我獲得救贖的地方。

「這家銀行雖然荒廢了，可是基本設施並沒有拆走。甚至就連金庫都留了下來。」朋友帶著我來到銀行的深處。一個碩大的金屬門鑲嵌在牆壁上。

我敲了敲，很滿意。金屬門大約五十公分厚。小鎮曾經也有繁華的時候，可想而知，這道廢棄的金屬門後邊曾經也放置過許多值錢的物品。可現在，這個金庫，不過是獵奇和試膽者們用來玩鬧的場所。

「這個金庫有一個最有意思的地方，一旦從內部關上後，從外邊是打不開的。當初建造的時候為什麼會弄出這麼一個設計來，已經不可考了。」朋友拉開門，笑起來：「小夜，你為什麼要找這種地方？」

我聳了聳肩膀：「不方便告訴你。」

「算了算了，你這臭脾氣還是跟從前一模一樣。」朋友撓撓頭，看了看手錶：「我等一下還有事情，要不晚上喝一杯？」

「不了。我今晚就待在這兒。明天再酬謝你。」我心不在焉地說。

朋友很識趣，見我心不在這兒，寒暄了幾句後便離開了。

我從金屬門的縫隙走進去，看了看四周。這個金庫不算大，只有六平方公尺。牆壁全是用金屬焊死，滴水不漏。厚厚的金屬內層外是結實的鋼筋水泥。這類設計除了老銀行的重要分行，現代銀行早就不這麼設計了。畢竟成本不低，也不見得實用。

我把帶來的行李搬進了金庫後，將金屬門牢牢地關死。

金庫內的設備早已被搬空了，門一關，就成了一座完完全全的密室。密不透風，不止是兇手，就連空氣也無法跟外界交換。

自己從行李中取出大量的氧氣瓶，以及一些行動電源。將野餐墊鋪在地上，躺下。沒多久，密室內的空氣就渾濁起來，令人難以呼吸。

溫度也在不斷升高。

我將氧氣面罩戴上，事先準備的氧氣瓶大概夠一天一夜使用。這才安心地玩起了手機。餓了，就吃一些帶來的餅乾，喝一些礦泉水。

時間一點一滴地流逝。在這萬全的地方，我不認為有誰能殺得了我。那個腿長的女人，除非找到這密室的排氣孔進行毒殺。可是，自己就連呼吸的空氣，都是提前準備的。

萬無一失了。今天，我一定能熬到最後。打破這無限死亡的迴圈。自己對此非常有信心。

果然，足足等到下午六點，我也沒有一絲一毫死亡的預感。

晚上八點。

指針掠過了九點十五。再撐兩個半小時，今天就過去了。我就能從莫比烏斯迴圈中逃出去。

自己每多過一秒，就興奮一些。

就在自己激動不已的時候，十點零一分，死亡的黑暗再次來臨。我的心臟猛跳，猶如被什麼無可抗拒的東西拽住，使勁兒地捏著。

我瞪大了眼睛，眼中全是深色的血絲。

我大口大口地喘著粗氣。

「為什麼，我今天一整天沒有吃過任何非包裝食物。我沒有中毒的可能。明明我躲在了堅固的密室中，就連空氣都是剛買的。我不可能死！」我歇斯底里地喊叫著。

突然，一個靈光閃過，我突然像是想到了什麼。接著，就徹底陷入了無盡的黑暗中……

第四章 邪惡的迴圈

第九次從床上坐起來，我的記憶裡仍舊殘存著死亡前，那窒息般恐怖的感覺。深入骨髓的痛苦穿越了時空，讓我的心難受地怦怦狂跳。

不過這一次和以前的八次都不同。我十分清楚了，是什麼殺死了我。前八次，我每一次都在做不同的嘗試。或主動出擊，或固守。我隔絕了空氣，不吃任何食物，排除所有殺死我的可能。

但是每一次，我都毫無預兆的死掉了。

這可能嗎？無論是什麼超自然的力量，都受到熵值的控制。熵值可以大到無窮，但它畢竟不會無窮。古人說天數為九，遁去一。就因為有遁去的一，所以萬事萬物都不可能圓滿。

既然沒有圓滿的事情，當然也不可能有完全的犯罪或者找不出殺人方式的死亡。但現在的情況卻變得離奇無比，足足八次了，我始終找不出兇手殺我的方法。

透過這麼多次的死亡，自己再笨也明白了一件事。

或許，根本就沒有什麼所謂的兇手。

根本就沒有人殺我。但是我為什麼會死去八次，又復活了八次。其實一直以來，自己都陷入了思考陷阱中。

沒錯，我確確實實感受到了死亡的痛苦。但每個六月十五日，日復一日在這個該死的六月十五日輪迴著死亡的人。

有可能，根本就不是我。

不，我能非常的確定。八個輪迴中，死掉的都不是我。而是另有其人。那個人被殺死時，我的時間也不知為何重置了。我和那個不知是男是女、是老是幼的人之間，在八天前，突然產生了某種關聯。

導致了他十五日不定時的死亡後，我能感受到他死前的痛苦。我一次又一次地重複著這一天，難道是為了拯救他？

憑什麼？

我皺了皺眉頭，起床後什麼也沒有做。而是忙著將自己所有在乎的親人、朋友全都聯絡了一遍。沒有人遭受死亡的威脅。

就連守護女李夢月，雖然她失蹤了，甚至故意躲著我。但自己仍能隱隱感覺到，她的狀態還算不錯。

沒有答案的我，陷入了久久的沉默當中。

那麼，是誰讓我一次又一次的重複著重生。就因為他死了，我就要陷在六月十五日。不斷重複生活在這該死的一天中，等待著他死亡後，繼續重複。

這他奶奶的太沒有道理了。我和他非親非故，說不定和他甚至就只是路人而已。憑什麼我要為了他付出這麼多？

春城的六月十四日那一天，我到底遇到了什麼？為什麼自己，偏偏是自己，會落入了這無盡的迴圈裡？

我覺得，應該重新將十四日的生活，理一理。或許能找到有用的線索。

從抽屜裡拿出了紙和筆，我開始回憶起九天前。準確的說，應該是昨天發生過的一切。

首先，自己完成了年中的論文答辯，搭乘飛機從德國飛回春城。從凌晨三點到下午四點，我都是在機場和飛機上度過的。這段時間，並沒有什麼可疑的地方。

之後我約了朋友，在等朋友的空檔去老巷子看了些戲曲。最近傳統文化藝術有回溫的趨勢，許多年輕的爸爸媽媽都喜歡帶自己的小傢伙去看戲曲雜技。

我去的戲劇館裡大多都是帶小孩的家長，老年人反而沒有。現在的戲館很不純粹，收錢賣票表演差，還想方設法地搞推銷。

看戲的途中，多次在表演節目間的空檔賣變臉套裝、賣皮影玩具。還找了幾個在街頭寫些毛筆字的老年人，裝藝術大家。現場作畫，賣那蹩腳的字畫。

一場戲看下來，大家都大呼上當。票錢花得完全不值得。

到這裡，也沒什麼怪異的地方。當然，我純屬興趣地以低價買了一張還算看得過去的水墨畫。本來是想送給老爸，不過這傢伙果然不在。

等等，我買的那幅畫，到哪兒去了？

我在家裡翻找了一遍，沒看到。去問了張姐，張姐也怎麼都想不起來。整個家裡，都沒那幅畫的蹤影。

畫不見了，又或者，我根本就沒有將它帶回家。

「那幅畫，同樣沒什麼離奇的。不過是隨便一個茶館喝茶的老人都畫得出來的東西。裱紙也不算好，更是新畫出來的。」我摸著下巴：「那不可能是讓我陷入六月十五日死亡迴圈的東西。」

看完戲，朋友也聚了起來。找了離我家比較近的冷啖杯，一眾人從晚上八點一直吹牛打屁到晚上十點。最後只剩下沈科那混蛋還陪著我，和我聊了一下夫妻生活及人生後，也離開了。

結完帳我自己走回家。

那晚我喝了很多，半醉半醒的，腳步像是踩在棉花上。直到走回家後，自己的記憶裡也沒有任何有可能讓我陷入如今閉環狀況的蹊蹺事件。

我皺著眉頭，挖空心思地壓榨腦中的記憶，試圖將蛛絲馬跡從腦子裡拽一些出來。可始終一無所獲。

怪了。我明明記得和沈科分開後，自己一搖一晃地走在路上。右手的腋下還夾著那幅裱好的畫。

可是回家後，畫卻不見了。極有可能，在冷啖杯店到家裡的幾分鐘路程中，被我弄失了。可我卻沒有這件事的任何印象……

不！還有一點不對的地方。

我用手指使勁兒的敲擊著桌面。那幅畫，對，就是那幅畫。雖然我還記得畫怎麼樣，藝術水準和價值也極差。可我偏偏買下了，那就證明，畫裡的一些東西讓我感興趣。

既然是我感興趣的內容，可為什麼，現在的自己偏偏對那幅畫沒有了記憶。

我居然記不得，畫裡，到底畫的是什麼了！

一股毛骨悚然的感覺，竄了上來。我額頭上不停地往下冒冷汗。畫裡，到底畫了什麼？

我的記性極好，過目不忘。我的頭腦很聰明，智商一百八以上。我不可能間歇性失憶。甚至，壓根就不可能忘記任何細節。就連一年前和我擦肩而過的路人，只要看過他一眼，我只要想回憶，就能想得起他大部分的模樣和特徵。

不可能失憶的我，偏偏忘記了那幅畫的內容。

這，會不會和我陷入閉環的原因，有關聯？

該死，那幅畫，到底畫了什麼？被我丟在了哪裡？本以為不是關鍵的物件，變成了關鍵的物品。自己說不出心裡是什麼滋味。

既然沒有更多的線索，我決定還是先從那幅畫開始入手。它的去向，以及它的內容。想要知道，並不算太困難。

我第九次從家裡走出去，走到了熙熙攘攘的大街。極好的清新空氣，不錯的天氣。就算是第九次見到，也一樣讓我心情壓抑。

因為我不知道，自己還要輪迴在這就連風向都一樣的世界多少次。

不管了，先去那家騙子戲館找找線索。

我的家離老巷子不遠，說是老巷子，其實它的建築都是翻修過的。古時候那塊區域屬於歷代達官貴顯要的住所，屋子很有特色。所以這幾年成了春城的一塊旅遊活招牌。

五湖四海來旅遊的人多了，騙子也就多了。整條老巷子食物難吃、表演難看，宰客現象屢禁不止。可就算這樣，遊人也絡繹不絕。

這便是人的劣根性，永遠喜歡去人多的地方湊熱鬧。

六月十四日在我的記憶裡，已經過去了九天。不過我還是清楚地記得那家老戲館的位置。

在人群裡亂竄了幾步後，拐過一條不算偏僻的小巷子就到了。這家戲館由於時間尚早，還沒有開門宰客。大門緊閉著。

當我繞到戲館後門的時候，心裡「咯噔」一下，頓時湧上一股不好的預感。門附近拉著警戒線，幾個穿著警察制服的人進進出出，還停了輛救護車。

我連忙擠上去，在擁擠的人群裡穿梭，好不容易才擠到人流的前方。看熱鬧的人裡三層外三層將戲館前的小廣場圍得水泄不通。有的交頭接耳，有的高舉著手機拍照。

「老兄，發生了什麼事？」我扯了扯最近的一個大約三十多歲的男性。

男人大概也是個八卦狂，見有人問立刻倒豆子一般將自己知道的事情給狂吐了出來，「兄弟，你可算問對人了。我就住附近，知道的比別人多太多。」

他一臉得意，「這家戲館不積陰德，騙人太狠，最後被老天爺把命都收走了。」

「命收走了？」我皺眉：「死人了？」

「不只是死了個人那麼簡單。」男子眉飛色舞地回答：「戲館裡的一個表演者在屋裡練皮金滚燈，結果功夫太差，把自己點著了。油壺也著了，點燃的火燒起來，火勢極大。戲館是老房子，消防設施又不符合標準。最後整間戲館二十幾個人，全死了。一個活人都沒剩下。」

說完，男子自己都覺得有點詭異，不由得打了個冷顫：「說來也怪，這麼大火，外邊硬是看不出來。直到有人發現不對勁時，已經晚了。說不是天罰都說不通，只怪他們一夥人太貪心，惡事做太多。不久前用幾張假字畫，騙得一個老頭家破人亡。最後老頭吊死在戲樓門口。街坊鄰居都說，八成是那老頭回魂，來索命了。」

我聽完，不由得沉默了許久。

這事情怎麼聽都透著古怪。為什麼我一找過來，想要查查昨晚買的畫究竟是什麼內容。就偏偏是這棟樓失火，將所有人都燒死了？皮金滾燈這藝術表演，我很清楚。是巴蜀地區特有的耙耳朵文化的延伸。

一個光著腦袋扮作醜生的耙耳朵做錯了事情，極怕老婆的他被懲罰頭頂著燈，在一根長板凳上上躥下跳，左翻右翻。頭頂的燈不論耙耳朵怎麼動，怎麼翻跟頭，都不會從頭頂掉下來，更不會熄滅。

可是既然是學皮金滾燈的演者，都能出來表演了，技術肯定不會差到哪兒去。我見過這戲樓的皮金滾燈表演。雖然戲樓確實坑人，但是丑角的功力還是可圈可點。

不可能突然在練習的時候將燈打翻。更何況，現在為了安全起見，燈盞裡的油用的都是低溫煤油，就算是打翻了也會很快熄滅。不可能蔓延起來，讓火勢大到燒死一樓的人。

越想越不對勁兒的我，總覺得樓裡人死得蹊蹺。突然，我打了個冷顫，毛骨悚然的浮現出一個念頭。

難道，就因為我調查那幅畫，所以有人故意將一整樓的人都殺掉了。燒了戲院一了百了，乾乾淨淨。什麼痕跡都沒留下。

員警太多，我不好進現場。於是自己離開後準備去負責天眼監控的大門查查其他的線索。

不知為何，我隱隱覺得，有一股說不清道不明的視線，在人群中偷偷窺視著我。我裝作不動聲色，離開前向後有意無意地望向窺視感傳來的方向。

除了越來越多看熱鬧的人潮外，我一無所獲。

如每一次死的都不是我，而是別人的話。那股窺視感，這一樓死掉的戲組成員，是誰在阻止我查找那幅畫線索的？如果一切都和我沒關係的話，兇手為什麼要將戲院的人全殺光。

我有些想不通。

冥冥中，肯定有誰在阻止我探尋真相。那傢伙的狐狸尾巴比我想像的更加難以逮到。離開老巷子後，我徑直朝著城區走去。等來到天眼監控的部門樓下時，心裡又是「咯噔」一聲。這棟不起眼的政府職能部門大樓下方，警笛聲和救護車的聲音不絕於耳，交織成一首令我手腳冰冷的交響樂。

這棟樓和戲樓一樣，也著火了。人員倒是沒什麼大礙，只有幾個人受了輕傷，但所有人都驚魂未定。

聽周圍的人攀談，似乎火是從主機室裡突然燃起來的，火勢蔓延的速度非常快，幾乎瞬間就將儲存硬碟的樓層吞噬。

整個城市的天眼系統陷入了癱瘓中，具體恢復的時間，最快也要好幾天。

我在心裡一陣冷笑。好幾天？老子一直迴圈在六月十五日這一天，不要說好幾天，就連明天也跨不過去。

阻止我的人真是好算計。不過，不知道那傢伙知不知道我可以不斷地重複著過今天。這次他將天眼系統破壞了，把戲樓燒掉了，不過無所謂。我可以換著方法，每一次輪迴的時候，都去試探他究竟是誰。

還有那條纖長大腿的主人。躲得了和尚躲不了廟，無論她在這件事情中扮演怎樣的角色。她的行為舉動，她的偷偷摸摸都透著可疑。

我終究會逮住機會，把她給揪出來。

既然找到了方向，我惶恐不安的心也平靜了許多。經歷了前幾次迴圈的害怕以及迷茫，自己覺得眼前的黑暗，越來越觸手可及。

只要阻止我的是人類，無論他是多厲害的人，都會有意識形態上的缺陷都會犯錯。一旦犯錯了，我就能找出他留下的痕跡。

今天已經沒有更多的事情可以做。我乾脆給自己一點放鬆的時間，在街頭到處溜達。

阻止我尋找答案的傢伙，一定在附近暗暗窺視著我，觀察著我的一舉一動。既然我看不出端倪，還不如順其自然。

第九次死亡，結束在下午六點，我正開心地吃大魚大肉的時候。

一樣難以忍受的鑽心痛苦，一樣籠罩過來的陰沉灰暗。

就在死亡前的那一刻，我痛苦的臉上突然浮現出一抹微笑。

我看到了，我在摧毀著我全部神經網路中的死亡灰暗裡看到一個令自己狂喜的東西。

藏在暗地裡的人，恐怕是知道我在輪迴著今天。他，在我死亡前，鬆懈了。他，露出了狐狸的尾巴！

第十次輪迴剛剛開始，我就從床上跳了起來。臉也不洗，牙也不刷，衝出了家門。時間可以有限，也可以無限。雖然自己似乎能無限重複著今天，但是我的生命卻完全不能由自己掌握。是時候掌握自己的命運了。第十次重生，今天一整天，我有許多事情要做。

在街頭隨便買了幾個包子當早餐，九點三十分左右，我仰首闊步地邁入了一家房產仲介。幾番話過後，仲介按照我的要求，騎著電動車把我載到了附近的一個社區裡。

「這個社區管理嚴格，不是本社區的人，根本進不來。就連外送人員和快遞都必須登記。」仲介是個二十幾歲的小夥子，人長得有些寒磣，而且喜歡張口說瞎話。

我明明看到幾個外送人員有說有笑地走進大門。就連仲介騎的電動車，也大搖大擺地騎進去了。保安低頭滑手機，頭也沒抬一下。

「而且社區才完工沒兩年，嶄新得很。沒有品質上的問題。」仲介又說道。

我撇撇嘴。這完工沒兩年的樓，外層的隔熱漆都斑駁了。雨水在剝落的牆皮上留下了骯髒流水痕跡。

「綠化也不錯。」

周圍的綠化被砍得差不多了，變成了停車位。社區路面坑坑窪窪，開車在上邊就像是按摩。

在路上東歪西歪終於到了目的地。仲介下車，「對了，這裡的防盜措施非常好。很少居民反映有小偷。」

我說，喂喂。這傢伙睜眼說謊的本領爐火純青。是不是看我人長得嫩，就覺得我沒什麼社會經驗好上當容易受騙？仲介把停在樓下的電動車上了三道鎖，只差沒把車鑲進牆裡邊了。這也叫沒小偷？

自己一聲不吭，由著仲介瞎扯。

仲介一邊介紹個不停，對社區的誇獎，那詞彙完全不重複。聽得我都佩服了起來。

「你看，這棟樓有兩臺電梯，多方便。」仲介說。

兩臺黑漆漆的電梯，不通風悶得慌。開門的瞬間直往外冒熱氣流。廂頂的燈不停閃爍，時亮時不亮。最可怕的是啟動時晃晃蕩蕩的，似乎一不小心就會溜下去。

「就這兒，到了。咱家這間房子在二十樓。」

到了二十樓，出了電梯。就連仲介都偷偷鬆了口氣。任誰站在吱嘎作響，而且彷佛還能聽到水流聲的電梯裡待著，都不會好受。

「2006房。」仲介掏出鑰匙找了找。出電梯後的走廊狹窄老舊，看起來讓人很不舒服。更重要的是，走廊很悶，沒有窗戶透氣。

在走廊裡轉過幾個黑漆漆的彎，2005房到了。看到門的一刻，膽大如我都有些悚然。甚至有股破口大罵的衝動。

丫的，這他奶奶的根本就是一間鬼屋。

2006室的房門比走廊的牆更加骯髒老舊。防盜門長滿了花花綠綠的銅鏽，鏽跡的斑像好幾朵綻放的黴菌，招搖在陰暗的門上。明明悶熱無比的走廊，一靠近門，熱量就被隔絕了。

僅剩下刺骨的陰冷。

門上殘留著許多被撕過的紙片。看痕跡大小，不用猜也知道大概是符紙一類的驅魔玩意兒。

仲介訕訕一笑，舌燦蓮花的他一時間也找不到詞誇獎這扇門。他想早點收工走人。所以這傢伙迅速地將房門打開，免得我打退堂鼓。

開門的瞬間，屋裡傳來一陣黴臭味。房間不大，意外的是家具還算乾淨整潔。我四下打量了幾下，點頭：「好，我租了。」

仲介正挖空心思想怎麼勸我租房好拿仲介費。聽我準備租下，竟然愣住了。好半天沒回過神來。

「這個，要不咱再考慮一下。雖然這裡確實便宜。」仲介小哥反而開始勸我別想不開：「兄弟，你該不是跑這裡來自殺的吧？」

我笑起來，「簽約吧。我租半年。」

就在這間疑似鬧鬼的房間的客廳裡，仲介小哥和我簽了半年的租賃合約，帶著一腦袋的問號離開了。

自己伸了個懶腰，走到了陽臺外，向下看了幾眼。嘴角又咧出了一絲笑容。好了，前置準備搞定。

收網了！

第五章 等一個人

「高高山上一樹槐。
手把欄杆望郎來。
娘問女兒啊，妳望啥子喲。
我望槐花幾時開喲。」

我站在窗邊，唱著這首四川民謠《槐花幾時開》。一唱就是十個輪迴。整整十天時間。

每天一大早，從九點十三分醒來開始。我都會重複著這樣的一連串動作。先是去同一家房屋仲介公司要求租屋。

每一次，那個猥褻的仲介都會介紹我到這個髒亂差社區的 2005 號房。我每次都租半年。

一整天的時間，我都帶著望遠鏡，帶著足夠食用一天一夜的食物和水。就那麼坐在屋子的陽臺上往樓下仔細地觀察。有的時候甚至眼睛一眨也不眨。

直到那一天死亡來臨後，再次開始下一次的重複。

2005 號房很有意思，哪怕是新刷過的牆面下方，也掩飾不了牆裡邊曾經貼滿了驅鬼符。

這裡完全具備一切鬧鬼的房屋的特徵。可是房子裡究竟有沒有鬧鬼。我倒是不清楚。畢竟據我所知，鬧鬼的地方要出現超自然徵兆，至少要好幾天。

唉，我可活不到那天。如果這間房子裡真的有鬼，大概也會對我現在陷入的糟糕狀況感到鬱悶。

它想要嚇我的前兆還沒開始，我就已經嗝屁了。

但是我也是特別的無奈，誰叫自己陷入的事件，會如此摸不著頭緒呢？觀察了十天後，我心裡有了些底。

自己跟仲介要求的房子，特徵很具體也很奇怪，也不怪猥褻仲介會將我帶到這兒。我要看到錦河，而且錦河的河景區二十一號就必須在樓下。我要求從窗戶外往下望，就能看到河景區那條特定的十字路口。

最重要的是，要遠眺得到老街上的戲樓和天眼監控中心的大樓。這些要求如果只有單一項都很好解決，合起來就難上加難。仲介能找到這麼一個好地方，我已經非常驚喜了。

至於我從什麼時候開始唱起這首四川民謠《槐花幾時開》的，說起來，我也記得不太清楚了。

我用望遠鏡從二十樓觀察樓下行人的一舉一動。我觀察他們的行為，觀察他們的路線，觀察他們的習慣和小動作。甚至觀察他們的嘴唇，用唇語解讀他們的交談。

我將自己置身於世界外，不用自己的行動來阻礙這個世界的運行。

例如，每天早晨十點十九分，一個八歲大紮著馬尾穿著紅裙子的可愛小女孩就會在錦河旁拍皮球。

女孩嘴裡唱著的，就是這首民謠。

再過不久，就會走來一名大約二十來歲戴著帽子的女孩，她會摸一摸小女孩的頭，送給她一根棒棒糖。

觀察了整整十天，我不再繼續觀察下去。而第十九個迴圈在下午七點左右結束了。

第二十個輪迴開始時，我習慣性地感受了一下死亡的痛苦，賴了一下床，舒舒服服地吃了張姐準備的早餐後。

這才慢悠悠地走出大門。

我溜達到了錦河畔的中段。找到一間小咖啡廳，在臨窗可以看得到河水的位置坐下。

我靜靜等待著。

我在等一個人。

等到了十點二十二分，穿紅裙子的小女孩拍完皮球，唱完了歌。我這才走出咖啡廳，躲到小女孩附近。

十點二十五分，一個穿著翠綠色長裙，戴著白色紗帽，皮膚白皙長相甜美的女孩走了過來。女孩看起來大約二十歲出頭，帽子下紮著俐落的馬尾辮，身材窈窕有型。算得上一個氣質美女。

她看到小女孩後笑了笑，蹲下身，摸了摸小女孩的小腦袋，遞給她一根棒棒糖。

看完她的一舉一動後，我這才走出來。看著右側流逝的河水，看著女孩明亮的眼睛，笑笑地說道：「這裡的風景，挺美的，對吧。水汽充足，空氣清新。哪怕是輪迴無數次，待在這兒看風景也不會膩。」

女孩見我搭話，詫異地看了我一眼，顯然是把我當成了可疑份子。她推了身旁的小女孩一把，「這裡有怪人，快回家。」

小女孩嚇了一跳，連忙跑開。

長相甜美的女孩也準備離開，我擋住了她。女孩臉色惶恐，厲聲道：「你想幹什麼。看你的穿著打扮倒是不像壞人。告訴你，我哥可是警察。很厲害的警察。你真的對我有什麼不軌企圖，我哥哥絕對不會放過你。」

我撓了撓腦袋，嘆了口氣，「好了，我也懶得拐彎抹角的，直接說吧。妳重複著六月十五日這天，已經很久了，對不對？」

女孩顯然沒想到我會沒頭沒腦地說出這句話，臉色頓時大變，好半天都合不攏嘴。

見她一臉見鬼的模樣，我心裡大喜，自己真的猜對了。觀察了十天，只有這個人，我覺得有問題。

她是所有恆定的資料中，唯一的變數。

這美麗女孩明顯不怎麼會掩飾自己的驚訝，但卻嘴硬，她偏著頭，哼了一身：「我根本就不知道你在說什麼！」

「美女，妳說這句話就完全露餡了。」我聳了聳肩：「如果是正常人，肯定會說我在說什麼瞎話，而不是明白了什麼似的一臉驚慌。」

「我確實不知道你在說什麼瞎話！」女孩一跺腳，表情裡掩飾不住的惶恐。

「又說錯話了喔，美女。這時候妳應該什麼都不說，把我當成瘋子立刻跑掉。畢竟輪迴在同一天這麼科幻的東西，怎麼可能有正常人對另一個素不相識的正常人大咧咧地說出來。他不是個瘋子是什麼？」

我笑得很開心，「妳看妳的反應，不但不跑，還跟我不斷囉嗦一臉明白我在說什麼似的。這不就證明，妳的確聽懂了我的話嗎？」

女孩想了想，拔腿就跑。

我連忙跟著追了上去。女孩長長的裙子在河畔的青柳下擺動，蒼白的臉在河水的映襯下顯得既清純又無助。自己追在她身後，正想要告訴她不要害怕，闡述自己的立場和我身上到底發生了什麼，看她是不是真的和我一樣，輪迴在六月十五日這一天。

可自己還沒來得及開口，怕到極點的女孩已經張嘴大喊大叫起來，「救命，那個人要非禮我。」

一個男人追著一個女孩，女孩還挺漂亮的。再加上她張口大叫，我頓時有一股不好的預感。這不是板上釘釘子地將我變成了犯罪分子嗎？

果不其然，她剛一叫麻煩就來了。由於是早上，年輕人都在上班，人不多。可是路上剛買菜回來的大爺大媽多啊。聽到有人叫非禮，幾個明顯沒有少跳廣場鬼步舞的大爺立刻將我這不壯碩的身板給壓住了。

逮著我一頓好罵，還有人打電話報警。我急忙解釋，一抬頭，那可疑的女孩已經消失得無影無蹤，倩影全無。我氣惱地差點破口大罵起來。

這一整天直到死亡來襲，我都是在警局裡度過的。

第一次接觸失敗了，沒關係，我不急不惱。第二十一次迴圈的早晨十點二十二，我準時又到了錦河畔。

「又見面了喔，美女。」等到那女孩遞棒棒糖給紅裙子小女孩的時候，我死皮賴臉地鑽了出來。

今天的女子仍舊打扮得清純漂亮，穿著白色的露肩吊帶，下身新款的百褶裙褲。戴著帽子的她沒有紮馬尾辮，任著瀑布般的長髮披散在肩膀上。見我搭話，女孩驚恐道：「你是誰？」

她一臉不認識我的表情，可臉上肌肉的微弱顫動卻出賣了她。如果女孩真不記得我，絕對不會有如此奇怪的反應。

我心裡大喜。果然，這個人，毫無疑問地也在十五號輪迴著，不知輪迴了多久。

「我叫夜不語。」我指著自己的鼻子。

「我沒有問你的名字。」女孩警戒地看著我，仍舊在裝傻。她拍了拍紅裙小女孩的肩膀，「快跑，有怪人。」

小女孩又嚇到了，拔腿就跑開。

「妳叫什麼名字？」我不動聲色地靠近她，以防她突然跑掉。

女孩退了兩步，「我可不會傻到將名字告訴陌生人。」

「我可不是什麼陌生人。我們已經是第二次見面了。」我指了指對面的一棟樓：「不過，我早就在那棟樓上觀察這裡的一切足足十天了。」

說完我就覺得自己的措辭有哪裡不太對勁兒。自己這番話是不是給人跟蹤狂的感覺？

果然，女孩臉色煞白，「天奶奶，看你一副文文靜靜很好看的模樣，居然是個跟蹤狂。枉費了老天爺給你的皮囊。」

我撓了撓頭，這小妮子果然是誤會了。自己又靠近了她一些，張嘴正要解釋。女孩慌亂地尖叫著，「死跟蹤狂，你別過來。不然我就叫了。」

「妳不是已經開叫了嗎？」我苦笑。

「我還能叫得更大聲。」女孩聲音更大了些。

「好了好了，我投降。」我舉起手，跟她拉開了距離。深吸一口氣，環顧了四周一眼：「妳相不相信，五秒後，從那個拐角處會走出三個大媽一個大爺。大爺瘸了一條腿，大媽兩個胖一個瘦竹棍。他們會聊自己隔壁鄰居的孫子從九樓上摔下來，居然沒死。」

女孩瞪了瞪大眼睛，沒等她反應過來，五秒鐘已經到了。湖畔綠道的拐角果然走了四個人過來。三大媽一大爺，大爺被一個瘦瘦的大媽扶著，拐著腳。四個人喋喋不休的大聲八卦。

內容正是隔壁鄰居的孫子摔下來，怎麼會沒死的事。

「你跟我說這個有什麼意思？」女孩皺了皺好看的眉。

「等著。再等十秒鐘，一隻魚，挺大的魚會從那個地方躍出水面。」我指著錦河的一處水面。

十秒過去，大魚在我手指的位置跳了起來，咬住水面上的一隻飛蟲，復又跌落回河水中。

「你有預知能力？」女孩圓滾滾的大眼睛睜得更圓了。

「怎麼可能，預知能力這種東西都是騙人的。」我撇撇嘴。如果說大爺大媽的事情還可以用提前看到聽到他們的談話以及預判他們的路徑來解釋，大魚躍出水面這種絕對偶然的事情，就很難用猜來解釋了。

「我之所以會知道這些，是因為我在六月十五日這一天，總是會隨機死去，然後又在當天的早晨九點十三分醒過來。到如今，我已經迴圈二十一次了。我不知道自己為什麼會眼前一黑就嗝屁了，但是我知道，死掉的不是我。而是另有其人。我只是被他的死亡牽連。冥冥中，我和他肯定有什麼關聯。」

我緩緩說道：「我說的那個他，就是妳。」

自己一眨不眨地盯著女孩看，看她的表情，看她是不是裝出來的驚訝。顯然，這個女孩並不知道還有別人同樣陷在十五日這一天。

但是女孩仍舊在嘴硬，「你在編故事嗎？雖然我不清楚你為什麼猜得到魚會從水面上跳起來，可是……」

我的臉沉了下去：「夠了。類似的預言，我可以從現在開始說，一直說到下午，一直說到我親眼看到妳今天是如何死掉的。所以我們倆都開誠布公一些，行不行？我還有別的事情要忙，挺急的，實在不想陷在這個糟糕的一天遊死亡迴圈當中了。」

女孩沉默了，不知道在想什麼。

「如果妳不相信我的話，沒關係，我們有的是時間可以建立信任關係。相信我，只要妳配合，說不定我能結束咱們的死亡迴圈。」

女孩嘆了口氣，低著的頭終於抬了起來：「我叫秦盼。」

「我暫時相信你。不過我的故事，很難說清，說起來或許你也不相信。」

我笑了，終於說得通了。這簡直就像是通過高難度遊戲的第一關一樣艱難：「沒關係，我遇過的不可思議的怪事比妳想像的都多。肯定能幫助妳的！」

「去那家咖啡廳吧。」秦盼指著我剛剛才離開的咖啡廳，走了一段，突然想起了什麼似的問我：「你是怎麼發現我也在死亡迴圈中的？」

「很簡單，既然是一天當中的迴圈，那麼我只能從早上九點十三分才開始涉足以及影響這個世界。但是城市裡大多數人的生活從凌晨就開始了。我早就發現，自己能影響的地方有限，跟我接觸過的人才會被我的言行舉止影響，變得和上一個迴圈時的舉動言談不同。」

我順了順思緒，「但是沒有見到過我，沒有接觸過我的人或者物，是不可能受到我影響的。這是不變數。而我要找的是變數。我推論出了許多個方案，在最近十個迴圈中儘量在高處尋找。

「最終，我找到了妳。」

秦盼有些吃驚，「我還是沒搞明白你怎麼看出我在春城一千多萬人口中的不同？」

「這十天，我每天一大早就潛伏在高樓中，儘量不影響任何人的人生。他們每一天每一天，都如同遊戲裡的 NPC 般，沿著同樣的路線上班，吃同樣的早餐，說著同樣的話，哼著同樣的歌，甚至穿著同樣的衣服……」

說到這兒，秦盼終於明白了：「我，我換了衣服。」

「沒錯，在這個擁有一千多萬人的冰冷閉環城市裡，只有妳換了衣服。這不就證明妳有問題嗎？只有妳是死水中，唯一活著的魚。」我有一句話沒說出口，自己根本沒有觀察整個城市裡的人。而是列出了幾個條件準備一一試探一下，不過運氣好，一下子就把她找出來了。

走進了咖啡廳，我們隨便點了一些東西。之後你看我，我看你，突然有些冷場了。於是我乾脆先開口，將自己最近二十一個迴圈經歷過的事情，簡要地說明了一下。

秦盼想了想，這才說起話來：「你比我幸運多了，只重複了六月十五日二十多次罷了。我的經歷複雜太多。」

「難道妳輪迴得比我多？」我皺了皺眉。

「詳細是多少次，我已經記不太清楚了。」秦盼充滿青春氣息的白皙臉龐上，閃過一絲陰霾：「從三萬六千一百四十五次之後，我就沒有再算次數了。」

她的話，令我毛骨悚然。

眼前柔弱的女孩在同一天迴圈生活了三萬六千一百四十五次以上，這可是九十九年啊。也就是說，秦盼看起來只有二十歲出頭，可是她實際上已經活了至少一百一十年。她說她之後的迴圈就沒有再計算，也就意味著，她現在或許不止一百多歲，有可能已經幾百歲了！

這，怎麼可能！

第六章 超過三萬次的死亡

正常人活不了幾百歲。中國有個叫彭祖的傢伙，據說活了八百多歲，這也不過是民間美好的傳說而已。

人都想長生不老。但是用正常的方法，是不可能不老不死的。但是不正常的辦法呢？例如一個人的時間陷在克萊因瓶裡，只能在某一段迴圈生活。而一旦觸碰到了特定的因素，就會死亡，再次重複同一天。

她的時間以及青春，凝固在這一天中。死亡後時間往後退，但是記憶卻被保留著。這樣的話，算不算是某種意義上的長生不老。但是假如秦盼真的將六月十五日這一天，重複了三萬多次以上。九十九年，甚至幾百年的記憶，腦袋哪怕容納得下。那麼她的大腦，真的不會因為記憶太多而衰退？

自己總覺得哪裡有些堵得慌，似乎什麼地方不太對勁。

秦盼開始講自己是如何陷入這個無限迴圈的世界的。一開口，就如同開閘的水，止都止不住。

這個女孩，似乎已經很久沒有掏心掏肺地跟正常人說過話了。對，秦盼將除了自己以外的所有人，所有在春城徘徊的人，都稱呼為不正常的人。這個世界，只有她是正常的。

現在，或許還要加上一個我。

「我雖然有許多地方已經記憶模糊了，但自己第一次經歷的死亡迴圈，至今還深刻的記得。雖然那應該是好幾百年前了。」秦盼以這句話作開頭。

我的心裡「咯噔」一聲響。果然她在這個鬼地方，待了不止九十九年，而是數百年。

秦盼一開始的反應，和我幾乎一模一樣！

這個標致漂亮的女孩，在學校裡就很受矚目。成績頂尖，大學四年有許多的追求者。眼看答辯論文結束，要畢業了。卻發生了這麼可怕的事情。

那一天，六月十五日早晨九點十三分。

秦盼醒來後，賴了賴床才起來。寢室裡的三個室友已經不見了。她床邊的桌子上擺放著好友玖玖在食堂多帶的一份早餐，還用便利貼寫了一行字，貼在了飯盒上，「盼盼，別忘了上趟老頭的課。」

女孩心裡一暖。王玖玖是她高中時期就很要好的朋友，一直大姐姐似的，挺照顧她的。

秦盼洗漱完，吃了王玖玖特意為她帶回來的早餐。這才畫了個淡妝出門去了。早晨的校園很美，充滿青春活力。女孩出了宿舍門後，伸了個懶腰。她帶著課本一邊走，一邊看著風景。

馬上就要畢業了，她挺不捨得走出這座象牙塔。畢竟電視新聞裡都說，世界很殘酷，殘酷到駭人聽聞。哪有當學生來得舒服？

但是畢竟，人總是要畢業的。無論是學習上的畢業，還是人生的畢業。哲學書上說人生畢業，就是死亡。但秦盼覺得人生的畢業其實是分階段的。從幼童到成年、從工作到退休。每一個階段，都是人生必不可少的經歷。

她今天不知為何，多了一份多愁善感。果然是因為快畢業的影響嗎？

一陣風吹過，將秦盼瀑布般的長髮吹起。露出了小巧美麗的臉龐。秀雅淡淡，如一朵綻放的粉色蓮花，清新秀氣。看得旁邊一個男生入迷了，騎著自行車的他路也沒看，光顧著看秦盼。直到狠狠地撞在了路旁的一棵大樹上。

撞得鼻血都快要流出來的男生坐在地上，捂著鼻子，痛得大叫。眼睛還兀自盯著秦盼瞅個不停。周圍的人見這男生色心不止，連痛都顧不上，全都大笑起來。

秦盼也用書擋住嘴巴在笑。從小到大，這樣看她的男生多了去。自己早就已經習慣了。

她來到教學樓，幸好，趙老頭的課還沒開始。這趙老頭課講得還算風趣，而且對付蹺課的學生很有一套。在選修這門課的時候，趙老頭就用手機將全班的人照了下來，笑嘻嘻地說道：「我不管你們什麼時候蹺課。總之我會不定時用這張照片點名。照片上的人誰沒有來，就當掉。」

所以一整年，沒有人敢蹺他的課。雖然趙老頭，從來就沒有點過名。

一整節課，秦盼都覺得無聊。已經快要畢業了，上課什麼的基本上算是生活的點綴。大家都在拚最後的論文答辯。

關於畢業論文，秦盼已經寫完了，答辯也心裡有數。畢業是肯定會順利畢業的。可是從早晨一起來開始，女孩就有些不太舒服。不是生理上的不舒服，而是心理上的。

她總覺得自己，似乎忘記了什麼事情。

課上完後，和好友王玖玖碰了面。兩個人跑到學校外吃了午飯，逛了街後，這才慢吞吞地往學校走。

最近天黑得很晚。晚上八點過後，黑夜才被路燈點綴出陰暗的光圈。王玖玖突然接到男友的電話，抱歉了一聲後離開了。留下秦盼獨自回女生宿舍。

學校很大，又是老校區，據說這裡有數百年歷史了。光是滿園的百年大樹，枝繁葉茂的肆意生長，就給人一種滄桑的感覺。樹多的地方，白天看上去會讓人心曠神怡。但是一到晚上，就突然陰森了起來。

路燈的光，拚命地伸展，也無法照亮所有道路。大樹伸出的枝椏，在昏暗的光線裡像是幽冥中魔鬼的利爪，在風中搖晃著。讓人看得心慌。

「還好是校園裡，沒什麼危險。」秦盼苦笑著，她這個人膽小。如果是在學校外頭，肯定是不敢一個人走夜路的，哪怕現在不過才八點四十五分。

離學校宿舍，還有幾百公尺的距離。由於快要放假了，有一些學弟學妹們已經回家。而且新校區也蓋好了，分散了一大部分的學生。最終偌大的校園裡只剩下無奈痛苦的準畢業生和準備衝刺研究所考試的少部分學生。

據說，秦盼等人是這所學校最後一屆的學生。他們畢業後，老校區就會拆遷，改成住宅大樓和商圈。所有人都會搬遷到新校區。也是，學校占地多大面積，占得還是春城最繁華的一塊地。政府和房地產開發商早就對這塊地磨刀霍霍了。

路上一個人也沒有。只剩清冷以及不知從哪裡吹來的風，不時拉扯著秦盼又長又直的黑色秀髮。

秦盼儘量讓自己走在有光的地方，雖然明知道沒有危險，但是謹慎膽小的她心臟仍舊「撲通撲通」的跳個不停。沒人又昏暗，她就彷佛走在一條永遠都沒有盡頭的森林裡。

這條她走了四年的路，今天不知為何，竟然讓她覺得很陌生。

風不停地颳著，不大，可是讓人心慌。

女孩的頭髮在風中擺動，猛地，不知長髮被什麼扯了一下。秦盼痛得停住了腳步，反射性地轉過頭去。

身後，什麼也沒有。

可頭皮上的那股痛楚，卻真真實實地在告訴她。剛剛確實有人狠狠地拽了自己一把，甚至有好幾根頭髮都被扯掉了。風一吹，掉落的長髮飛了起來。飄在空中，落在了路燈基座不遠的地上。

秦盼打了個冷顫，她驚恐地捂著被扯痛的地方，身體轉了好幾個圈。這條彎曲的路，並不算小路。路面足足有十多公尺寬。兩旁雖然長滿了綠樹，可是她很小心，離那些樹足足有好幾公尺遠。

周圍確實一個人都沒有。要有人，也是躲在樹林裡。秦盼看了看身後的樹林。密密麻麻茂密的樹林足足有好幾百畝，甚至都可以比擬某些小城市的公園了。

樹林裡肯定是可以躲人的。不過要作到突然從林子中跑出來，扯了自己頭髮一把又悄無聲息地跑回躲好，不被自己發現。這絕對不可能！

那麼，是誰扯了自己的長髮？

膽小的秦盼不敢多想，她拔腿就跑，拚命地朝宿舍逃。管他是誰，是什麼人。既然剛剛傷害了她，那麼肯定是帶著惡意的。

她纖細的長腿邁著瘋狂的步伐，用出了這輩子最快的速度。可是沒跑幾步，披在身後的長髮，又被扯了一下。

這一次身後的人扯得非常用力，抓了一大把頭髮，險些將秦盼拽倒在地上。秦盼尖叫了一聲，大喊救命。

抓著她頭髮的手，竟然鬆開了。

女孩又下意識地回頭看了一眼。前後一秒鐘罷了，她還特意跑到了路中間，離能夠躲人的樹林足足有十公尺遠。如果是人的話，絕對逃不了那麼快。可是，她的身後依舊空蕩蕩的，什麼也沒有。

只有路燈，和颼得更加陰颼颼的風。

秦盼怕得要死，她的長髮被扯了許多下來，不過她顧不上了。女孩本能地覺得今晚遇到的事有些古怪。是誰在襲擊她？

無所謂了，逃脫比較重要。宿舍不遠了，只要到宿舍，人多了，兇手肯定不敢追上去再次傷害她。

秦盼更加拚命地跑起來。緊接著，第三次，她的長髮毫無預兆的第三次被拽住了。這次拽得非常用力。女孩整個人都懸空了半秒鐘，之後便重重地摔倒在路面上。她摔得挺翹的臀部都腫了，好不容易才掙扎著站起身。

背後，依然看不到傷害她的傢伙。

有人說女性其實很堅強，韌性比男性高得多。至少在秦盼身上，這一點得到了證明。她雖然膽小，但是卻異常的堅強。

一聲不吭地爬起來後，秦盼再次大喊大叫著救命。努力往教學樓跑。

近了，非常近了。教學樓的燈光就在不遠處。她甚至能看到有人在二樓背對著她和宿舍裡的室友大聲說話。

秦盼心裡一喜。她心裡燃起了希望，近了，再跑十幾秒鐘，她就能跑進宿舍。到時候一定要報警，告訴警方和學校警衛室，校園裡有變態。

女孩的腿邁得飛快。可是就在她離宿舍還只剩下三十多公尺的時候。看不到的兇手再次出現，他拽住了秦盼的頭髮，將她狠狠地拽向樹林。

秦盼大喊大叫著，她內心中的希望隨著自己離宿舍越來越遠而漸漸熄滅。最終，只剩下絕望。

她被拖著長髮丟入了樹林裡，之後只覺得脖子一涼，眼睛一黑。就徹底失去了意識。

當不甘心的她再次醒過來的時候，她發現自己還在宿舍裡。

「咦咦咦，我還活著？」秦盼伸出手，張開眼睛。之後怔怔地看著纖細的十根手指發愣：「難道只是一個可怕的夢？」

雖然只是個夢，可是那股一個人走夜路的恐懼，以及深入骨髓的死亡痛苦，卻縈繞在她的心頭，揮之不去。

女孩覺得脖子痛得難受，摸了摸，白嫩的皮膚上什麼也沒有。她這才慢慢撐起身體，坐在床上。這間女生宿舍很普通，其實每所大學都差不多，宿舍約十幾平方公尺，有幾個雙層鋼架床。床上是睡覺的床鋪，鋼架床下則是簡易的書桌書櫃。

所有女孩都是愛美的，秦盼這四年沒少跟其餘三個室友裝飾寢室。不過當然也沒裝飾出什麼名堂，但至少比隔壁的幾個女生寢室乾淨。

秦盼從床上垂下腦袋，突然看到了一個東西，心裡「咯噔」一聲響。自己的書桌上，擺著一個保鮮盒。盒子裡裝著早餐，還貼著一張室友王玖玖給她的便利貼，上邊寫著，「盼盼，別忘了上趙老頭的課。」

和夢裡一樣？

女孩使勁兒地搖著腦袋，將自己腦中荒唐的想法甩掉。玖玖知道自己是個小瞌睡蟲，所以經常幫她帶飯。這一幕算不得什麼。

她拿起枕頭邊上的手機看了一眼。早晨九點十三分！

秦盼簡單地洗漱一番，吃了早餐，走出女生宿舍。她抱著上課用的書，被清晨的風一吹，精神頓時振奮許多。果然一日之計在於晨。早晨的天氣是最舒服的，哪怕這股風有些冷得奇怪。

剛走沒多遠，秦盼感覺到了一股視線。有人在看她。女孩轉過腦袋，看到一個男生一邊騎車，一邊看著她發呆。

最終由於男生看她看得太出神，直接撞在不遠處的大樹上。撞到了鼻子，仍舊邊叫痛邊盯著她看個不停。

身旁的人被他的色心惹得哈哈大笑。

本來舒服許多的秦盼，心，沉入了谷底。怎麼回事？這一幕，自己昨晚的夢裡也出現過。自己做了個預知夢，還是只是既視感在作祟？

膽小的秦盼害怕了。她去上了趙老頭的課，被玖玖拉著跑出校門吃午飯，之後又跑去逛街。

所有的一切，都和她作過的夢高度吻合。秦盼心神不寧，行屍走肉地走在玖玖身旁，不知道在想什麼。

「喂，我說秦大小姐。妳整個人恍恍惚惚的，難道戀愛了？」玖玖推了推她。

秦盼驚醒過來，看著好友的臉問：「妳剛剛，跟我說什麼？」

「沒說什麼啊……」玖玖說到這兒停了下來，她繞著秦盼轉好幾圈，一臉吃味的表情：「盼盼，妳該不是真的戀愛了吧。從高中到大學，我從來沒有見誰入了妳這位仙子的法眼。咦，看妳這副魂不守舍的表情。完全就是陷入戀愛的標準狀態！」

秦盼沒好氣地瞪了好友一眼：「玖玖，我有男朋友肯定會告訴妳的。咱們約定過的嘛。」

「嗯嗯，真的不是戀愛了？」好友還是不怎麼相信。

「不是啦！真的。」

玖玖嘻嘻一笑，拉著她繼續逛街。一直逛到晚上。兩個閨密簡單地吃了晚餐回到學校。

進了校門正準備走到宿舍，玖玖的電話突然響了起來。她接了電話後，抱歉地對秦盼說：「盼盼，我男友找我有點事。抱歉啊，先走了。」

「見色忘友。」秦盼本來逛了一天的街，心情好了許多。當好友走了，留下她一個人在路上的時候，被風一吹，才驚覺自己又剩下一個人了。

昨晚的夢中，自己正是一個人在走回宿舍的路途中被人殺掉的。看著眼前孤獨的路，那昏暗的路燈，那張牙舞爪的樹林，她退縮了。

「算了，換一條路回去。」女孩站在原地想了片刻後，決定保險一些，換條路。校園是封閉的，有許多條路可以通往女生宿舍，雖然遠是遠了些，但是那個驚悚的夢始終纏繞在腦子裡揮之不去。這讓膽小的秦盼很難不在意。

她沒朝著夢裡的那條路行走，那在黑夜中變得猙獰的樹林落在了身後的遠處，女孩繞著校園走了大半圈，就在快要到女生宿舍時。她猛地停住了腳步！

蠟燭，在路中央有許多根白色的蠟燭亮著。密密麻麻的白色蠟燭燃燒著橘紅色的光芒，圍成一個心的形狀。

「這是誰要準備告白嗎？」秦盼好奇地看了幾眼。

要畢業了，許多男同學和女同學都準備拚一把，向暗戀已久的她或者他表白。失敗了也無所謂，總之一畢業大家就各奔東西，丟臉了也永遠不會再見。但萬一成功了呢？

很多人都抱著這樣的想法。所以隨著畢業時間接近，最近告白的人越來越多。

秦盼猜想這大概又是誰要告白，但是卻覺得那些蠟燭點得怪怪的。像是哪裡有些不太對勁兒。

如果是告白的話，為什麼蠟燭周圍都沒有人？難道是告白後，人已經散了？不對，如果人散了，就算不把蠟燭收走，也應該將蠟燭的火熄滅了才對。任蠟燭燃燒著，這可是違反校規的。

而且，那些蠟燭真的有些古怪。

秦盼越看蠟燭越覺得可怕。白森森的蠟燭在火焰的照耀下，顯得更加陰森。女孩看那蠟燭的模樣，老是想不起來在哪兒看到過。只是這蠟燭，和平時學弟學姐學長學妹們用的蠟燭不太一樣！

作為有品德的新時代優秀女青年，秦盼認為自己有義務將火熄滅。於是女孩走了過去，她離蠟燭圍成的心越來越近。突然，女孩再一次猛地停住了腳步。

她想起來了，她想起來那些蠟燭為什麼會令她感到古怪，甚至有些害怕了。

這些蠟燭哪裡是用來告白的，上邊粗下邊尖細，這蠟燭分明是清明和七月十五用來祭拜祖先的白色蠟燭。用祭鬼的蠟燭來告白，這到底是什麼鬼創意。告白的人是精神有問題還是腦子裡的洞大到腦漿都流出來了，真的會告白成功才是有鬼了。

秦盼吐著槽，大著膽子又往前走了幾步。就這幾步，讓女孩徹徹底底看清楚了蠟燭點燃的心的全貌。

這一看，她頓時頭皮發麻毛骨悚然。整個人都僵在了原地。只見地上，蠟燭的中間還寫著兩個字。

正是她的名字——

秦盼！

第七章 百年孤獨

秦盼簡直嚇壞了。詭異的夜，昨晚詭異的夢，還有詭異的風，用祭拜死人的白蠟燭圍成了心的形狀。而告白的對象，竟然是自己！

周圍明明一個人也沒有，告白的人在哪兒？他敢出來，自己絕對敢一腳踢在那傢伙的兩腿之間，讓他斷子絕孫。可是，這真的只是惡作劇？

女孩有種不好的預感，她想快點離開。無論如何，眼前的景象都不像是什麼好事情。

風颳個不停，白色蠟燭圍成的心在黑夜裡，像是搖擺不定隨時都會熄滅的生命。秦盼眨巴了一下眼睛，她突然發現，蠟燭圍成的圖案似乎變了模樣，變得不規則了。剛剛還是標準的心，現在，竟然變成了一顆心臟。一字之差，圖案卻是完完全全的兩種樣子。明明周圍沒有人，是誰將蠟燭移動了？還是說一開始自己就看錯了？

秦盼猛地向後退了幾步。黑暗中燃起的心臟蠟燭，火焰在風中搖擺，似乎真的如同人類心臟般，在跳動。一脹一縮，跳動得像是將要死掉的人，心律不齊，跳得很艱難。陰颼颼的風從心臟蠟燭吹過來，吹在她身上，令她毛骨悚然。女孩再也忍不住了，她腦子裡一片空白拔腿就跑。往後跑已經來不及了，只能往前跑。女生宿舍就在不遠處，只需要拚命跑半分鐘，自己就安全了。

秦盼用出了吃奶的力氣，她跑出了自己的極限。當她越過心臟蠟燭的時候，幾十根蠟燭唐突的頃刻熄掉。如同有一張巨大的嘴，將蠟燭同時吹滅了。

女孩覺得自己怕得心臟都快要跳出胸腔，她的雙腿在打顫。整個人的身體也怕得顫抖。但是她一步都不敢停下。

近了，很近了。眼看女生宿舍已經出現在了眼前，她甚至能看到二樓的陽臺上，一個女生背對著她和宿舍中的朋友大聲聊著天。

就在這時，奔跑中的秦盼整個人一頓。如果有人恰好看過去，會看到驚人的一幕。拚命往前衝刺的秦盼的頭髮被什麼東西拽住了，秀麗的長髮靜止在空氣中，女孩整個人因為慣性而腳先往前傾斜，離開了地面。

腳尖在最前方，隨之身體也開始傾斜。秦盼以停滯被抓住的長髮為中心點，身體外拋了三十多度後，懸空，重重地落在地上。

女孩被摔得七葷八素，眼冒金星。她的視線好不容易才恢復過來，她看到了今晚的夜幕。幾顆星星在天空上一閃一閃。她看到了不遠處的女生宿舍，燈火通明的女生宿舍清冷而安全。

這就是她看到的最後一幕。

她的身體被誰拽著頭髮往後拖。她拚命地抬頭想要看清楚兇手是誰。可是女孩的頭髮被死死拽著，根本看不到身後的人。

秦盼一直被拖到了那圈蠟燭中間。只感覺脖子一涼，喉嚨口一甜，一股血就從自己的喉嚨傷口上噴濺出來。噴向天空，鮮紅的血，灑滿了附近的地面，灑紅了身旁的每一根蠟燭。

女孩死了，自始至終，也沒看到殺她的兇手是誰。

眼睛一黑，再次明亮起來的時候。秦盼在女生宿舍中，她用顫抖的手掏出手機看了看。六月十五日，早晨九點十三分！

她死了，又活了過來。連續兩次了，如果真的只是個夢的話。這個夢，也未免太真實了一些。

秦盼已經不敢單純地將連續兩次的死亡夢，當做一個簡單的夢來處理了！因為她在心裡冥冥意識到，或許，或許，說不定，那有可能真不是在做夢！

如果不是做夢的話，難道是她真的死了，又復活了，還連續兩次？

可，是誰想殺她？不是秦盼自己吹噓，她這個人雖然長得有些漂亮很多人追，但是一點都不驕不傲的。哪怕是拒絕別人，也不會讓對方難受不舒服。

所以被拒絕的男生們，應該是能排除的。

女生呢？大學班上一共五十二人，因為科系熱門，所以算是人多的班級了。雖然大學過了四年，可因為選修課的原因，並不是班上的每一個人她都認識。大部分對她而言，不過是知道名字說過話的交情罷了。

秦盼不記得自己得罪過誰。

有人說最想殺死對方的，永遠都是最熟悉的人。秦盼看過一本書，提到強姦案熟人作案率高達百分之九十。兇殺案也同樣如此。

沒有人會無緣無故的殺人。畢竟世界上真正的變態並不多。

「到底是誰想殺我呀，完全沒頭緒嘛。」躺在床上一直沒起來，秦盼怎麼想都沒有結果。

她這種人可愛性格又好的老好人，明明應該長命百歲的。居然有人要殺她。

「不對，不對。誰想殺我這件事既然沒線索，就先放著。」秦盼皺著好看的眉：「現在的問題是，我死了，為什麼又會在早晨活過來？」

秦盼看了看手機：「最奇怪的是，三次了，每一次我都是在九點十三分活過來。九點十三分，對我有什麼意義嗎？」

但女孩將腦殼都摳破了，也沒想出個所以然來。

「呀，想不通不想了。上天給我機會讓我找出兇手，肯定是不想我冤死。謝謝老天爺。利用這次機會，我一定要找出兇手來。」秦盼也乾脆地不多想了，她準備列出一張表，將有可能對自己逞兇的人寫上去，再調查殺自己的兇手到底是誰。

這一調查，就是九十九年……

「我調查了至少三萬多次，迴圈在這該死的六月十五日至少三萬多天。當第三萬六千三百一十五次死亡後，我終於放棄了。」秦盼坐在咖啡廳裡，喝光了自己杯子裡的咖啡，舉手讓服務員再給她一杯。

「我決定不再找兇手，而是盡情享受人生。哪怕自己的人生，只是永遠迴圈在一天當中！」

女孩端著空的咖啡杯，望向窗外。

我聽完她的故事，看著淡然的她的表情，有些毛骨悚然。

很難從秦盼的神情上將一個在同一天活了至少一百多年的人連在一起。

一百多歲的人，應該垂垂老矣，安於天命，過一天算一天，等待著人生最終的結束。

但是秦盼的人生不可能結束，或許永遠都不可能結束。如果她找不到兇手，找不出誰殺了她，她就會永生在六月十五日。

永遠迴圈同一天的永生，真的是永生嗎？這樣的永生，真的不會迴圈在痛苦中嗎？

我難以想像，這種地獄般的漫長歲月，眼前的秦盼究竟是怎麼度過的。絕望到就連訴說自己的痛苦，也變成了一種樂趣，可以邊說自己被殺，邊笑了。

我怔怔地看著她，摸了摸鼻翼：「我不知道該說什麼好。」

秦盼搖搖頭，頭上的長髮隨著搖頭而擺動，滿溢青春氣息，「不用同情我，我不需要人同情。事實上，我覺得過得挺好的。人的一生，大多也不過是在方圓五公里範圍活動。而我一天一天的過，還能保持著二十二歲的外貌和健康。挺好的，就算是每天必然會痛苦的死掉一次，現在也習慣了，無所謂了。」

我苦笑，人的習慣真的很可怕。簡單的習慣兩個字，就連幾個甚至十幾個小時重複一次的死亡痛楚，也變成了活著時候的證據。

自己對秦盼的堅強，已經完全無話可說了。

「我會幫妳的。」我用勺子在咖啡杯裡繞圈：「絕對會幫妳找出兇手來。」

秦盼顯然不信任我，又搖頭了：「我不需要。」

我嘆了口氣：「秦盼小姐，妳沒有聽懂我的意思。我是不得不幫妳。哪怕妳不需要，我也必須幫妳。」

「為什麼？」秦盼有些驚訝地瞪大秀氣的眼睛。

我的臉色難看，「因為不幫妳，我恐怕也會永遠永遠地陷在六月十五日，逃不出去。」

畢竟自己已經完全明白了。秦盼的死亡，造成了我的死亡迴圈。或許得幫她找出兇手，我才能獲救。

否則我也會和秦盼一樣，重複再重複著同樣的一天。現在我只不過重複了二十多次罷了，如果真的和秦盼一樣重複三萬多次甚至更多。

就算內心強大如我，也會噁心地想要每天自殺的！

「幫我？怎麼幫？」秦盼幽幽嘆了口氣，臉上的恬然變得凝重起來。果然，她說是說得輕鬆，但是內心還是被痛苦緊緊地鎖死了。不是不痛，而是習慣了痛。

這種比死亡更加可怕的痛苦，沒有人能感同身受。

「前三萬六千一百四十五次迴圈，我用盡了辦法，每一天每一天都在盯著其中一個我認為有可能殺我的人。」秦盼苦笑著：「我先是盯著同寢室的三個室友，就連我的好友玖玖也沒放過。可是這些人都沒有嫌疑。之後我盯著全班五十二個同學，他們一樣沒有嫌疑。接著，我開始排除學校裡所有學生和老師，仍舊沒有找到兇手。」

「就這樣，很快的三萬多天，足足九十九年就過去了……」

我聽她的話，聽得難受：「妳是怎麼排除的？」

「我不是個聰明的女孩，但是也不笨。所以我用了一個最保險的笨辦法，絕對有效。我用一天時間，跟蹤一個或者多個目標。」秦盼說：「總之每一天我都是從九點十三分醒來，死亡的時間卻不是固定的。但每一次，總有一隻邪惡的手拽住我的頭髮，將我殺掉。」

「我死的時候，目標人物或是逛街、或是和自己的朋友以及同學聚會遊玩。我就一邊看著他們開心，一邊被拽著頭髮拖走死掉。」秦盼露出麻木的表情。

「果然是最笨卻最有效的辦法。」我一身寒毛豎起，只有無限生命的人才能用這種最簡單的排除法。不得不說，這種排除法最直觀。畢竟眼看著對方在不遠處玩樂，而自己卻被兇手拽走殺死。顯然玩樂的對方，必然不是兇手。

秦盼攤了攤手：「三萬多次了，每一次我都看不清楚殺我的兇手到底是誰。剛開始我還恐懼絕望，現在，無所謂了！」

一所大學大約有兩三萬人，但是單獨行動的人是很少的。秦盼應該只用了幾千次就篩掉了全校學生。剩下的時光，難道她開始過濾附近的市民嗎？

她說三萬六千一百四十五次後，就放棄了。一個可怕的念頭閃過腦海，春城一共一千多萬人。難道她都篩選完了？卻依然沒有找到兇手？

三萬多天篩掉一千多萬人想起來很不可思議，但是並不困難。畢竟春城是一個大城市，每天的演唱會、體育活動和賽事數不勝數。如果能搞到常住人口名單的話，只需要一個晚上、一場演唱會，就能搞定數十萬人。

秦盼這看起來柔弱、甚至有些淡然的女孩，比我想像的更加堅強。

我沉默了一下，「妳有試著和別人待在一起，而不是單獨一個人嗎？」

「怎麼可能沒有試過。」秦盼臉色的苦澀更濃了，那段努力想要逃脫被殺命運的歲月，猶如隔世般遙遠：「我找不到兇手，就試著不出宿舍。但是在宿舍裡，我仍舊被殺了。第二次，我關好寢室的門，甚至乾脆將窗戶和門鎖死，用釘子及木板固定住。讓寢室變成了完完全全的密室。」

「可那個兇手彷彿早知道我準備這麼做似的，早已經潛伏在了寢室中。就在我躺在床上玩手機時，一隻手從床底下探出來，抓住了我的頭髮，將我拖到床底下。」

「於是第三次，我在釘死窗戶前，將寢室全部上上下下，床底、浴室、衣櫃，都查了一次，沒有發現異常。這才將寢室嚴密的封死。但是就算那樣，那個兇手仍舊出現，殺掉了我。」

我更加沉默了。沒錯，既然知道兇手想要殺自己，當然會想到製造密室保護自己。這是一個人的自我保護機制，哪怕是我，前不久不也找了廢棄銀行的金庫，躲在裡邊逃避死亡嗎？

但是如果真的有兇手想要殺秦盼，那根據秦盼的每一次死亡。兇手絕對不是初學者，而是專業級的。這個世界上，如此專業的殺手，不超過一百名。

秦盼宣洩著自己的恐懼：「最終我放棄了在密室裡待著，開始參加各種 Party，各種演唱會。甚至維安嚴格的市長演講我也混進去過。在保護市長的維安人員的眼皮子底下，我竟然都被殺死了。自己，實在是沒轍了。」

「所以，妳一次都沒有看到過兇手？」哪怕是最專業的兇手，殺了三萬次以上，應該也能看得到一兩次兇手的臉了。這簡直是不可思議。

畢竟，那個兇手還是近身搏殺，每一次都會從背後拽住她的長髮，用刀殺掉秦盼。

「嗯，一次都沒看到過。」

「那妳有沒有試過和別人在一起，在遭到襲擊時，讓別人告訴妳兇手是什麼樣子？」我又問。

「當然試過。可這沒任何意義。」

我腦袋一轉，也覺得這確實沒有實質上的意義。那個兇手殺人很隱秘，但也很大膽。他都能在市長演講時將秦盼殺死，那麼肯定有保護自己的手段。再者人少的話，就算是別人目睹了殺死秦盼真凶的模樣，也無法告訴秦盼。畢竟秦盼死了，時間就會反彈回六月十五日的早晨九點十三分。

對知道真凶模樣的人而言，秦盼的死亡是在未來發生的事情。他們不可能還記得！

想到這兒，我眼前一亮。用力拍了拍桌子：「秦盼，我果然是上天派來救妳的。」

秦盼見我突然激動起來，不解道：「怎麼說？救世主先生！」

她叫我救世主時，滿嘴都是嘲諷的意思。

我指著自己的臉：「別人見到妳被殺，絕對記不住兇手的臉。但是我記得住啊！」

「我已經重複了二十一次六月十五日了，每一次都有全部的記憶。雖然我不清楚為什麼妳死掉，我的時間也會重複。但是我的記憶不會丟失，只要我偷偷跟著妳，看妳是怎麼死的，看清楚兇手的臉。哪怕時間重置，我也能記得兇手是誰。這樣只要先將兇手繩之以法，不久就能打破死亡迴圈了。」

「這個方法，有搞頭！」聽完我的話，秦盼頓時也激動起來。這是她第一次實質的感覺到，說不定自己真的能獲救，真的能從這該死的每日迴圈裡逃脫出來。

我看了看手機：「現在是十一點四十五分，先隨便吃點東西，再做打算。對了，妳死了幾萬次，有沒有找到兇手殺妳的規律？」

秦盼仔細想了想：「殺我的規律的話，真沒有。不是人少的時候、不是我單獨一個人的時候、人多不多也無所謂。但是兇手似乎會根據我每一天的行為，有時候會提早，有時候拖遲殺我的時間。」

我摸著下巴：「難怪我這二十一次重置的時間都是不定的。可是兇手殺人，肯定有他的顧慮。他的規律規則到底是什麼？兇手是以什麼依據來判斷殺妳的時間的？」

「一百多年了，死了一百多年了。我也沒想清楚。」秦盼聳了聳肩，突然笑了。女孩用雙手撐著下巴，水汪汪的大眼睛看著我，眼神裡訴說著自己的寂寞：「不過，今天好開心。真的好開心。數百年來我一直都是孤獨一人，哪怕在這個擁有一千多萬人的城市裡。沒有人懂我，就算我將自己的遭遇告訴好友玖玖，她也不相信。哪怕她相信了，可終究，會將這件事忘記……」

「孤獨，比死亡更可怕。」女孩淡淡地說出這句話。

沒錯，人的孤獨是相對的。作為群居動物的人類，並不是在人群裡就能消化寂寞。人越多的城市，相對孤獨的人就越多。可是別人的孤獨，終究會隨著年月的滋長、身體的衰老，終結於死亡。

但是秦盼每一天都在死亡，但她的記憶在增長，她的寂寞在積累。她陷在這無限迴圈又無法真正死去的地獄中難以獲得救贖。

如果世上真有地獄的話，這裡可能就是地獄的第十九層，最可怕的地獄。無限寂寞的地獄。

「喂，你叫夜不語是吧。」秦盼的眼神裡閃爍著希冀的光芒：「我們，真的能找到兇手？你真的能幫我，打破這詛咒般的輪迴嗎？夜不語先生！」

「肯定能。」我捏緊了拳頭：「世界上從來沒有人能不明不白的突然消失。也沒有人能在殺人後還完美的湮滅證據。只要是個人，只要曾經來過這個世界，只要有人在追尋，那無論在泥土之下，還是霧靄之中，總會留下些許蛛絲馬跡。」

「我最擅長的，就是聞到那些許的蛛絲馬跡，將它緊緊拽在手中。只要兇手留下了一絲痕跡，我就能順著那一丁點的痕跡，將他拽出來。沒有人能逃脫我的追捕，只要，他是個人！」

我沒有說出的是，自己並不是完全為了秦盼。很多時候，我都不是一個善良的人。遭遇令我沒辦法保持善良。但是我保留著善意，我不在乎幫秦盼一把，將她從深淵中拉上來。可最重要的，我必須要打破迴圈，逃離六月十五日這一天。

守護女李夢月還在替我扛著夜家即將來臨的滅頂之災。紅粉知己黎諾依，她並不知道自己早已經變得人不人鬼不鬼。不，或許她已經察覺到了，可是善解人意的黎諾依，並沒有說出來。她害怕讓我擔心！

背後有兩個為我著想，可以為我犧牲生命的女孩。我可沒什麼閒暇時光去享受無限重複的一日之旅。媽的，雖然我確實想要度假休息，但是也從來沒想過休息無盡的歲月，而且還只是日復一日的看著街上那些人類變成每天重複的 NPC。

我要逃出去，無所不用其極！

我要，逃出去！

第八章 死不了的絕境

俗話說得好，人見利而不見害，魚見食而不見鉤。無論什麼兇殺案，都要從兩個方面看。一，被害者和兇手有仇或有利益關係。二，如果沒利害關係，那被害者與兇手之間，就一定有因果關係。

兩個方向看起都是有條件的傷害與被傷害關係。畢竟單純的陌生人殺害無辜者的獨狼隨機殺人狂，在這個世界上並不多。

秦盼死了數萬次，每一次時間地點都是不定的。無論秦盼逃到哪兒，兇手總是能找到她，殺了她，而且還讓女孩看不清自己的臉。甚至死了幾萬次後，秦盼竟然連兇手的一丁點線索，都沒有。

這非常的令人難以置信。

越是難以置信詭異莫名的事物，就越要小心謹慎。否則容易陰溝裡翻船。吃完午飯後，我要秦盼帶我去她的學校。

令人吃驚的是，女孩的大學就在離我家不太遠的地方。自己雖然也知道附近有一所大學，但是由於有老舊的社區層層擋著，就算離我家的直線距離不算太遠，但是平時要繞過去，就要花半個多小時。

現在因為貧民區改建，許多老房子拆遷了，一條筆直的路去年便修好了。只要從我家小巷子裡穿過一棟老大樓，就能看到那條嶄新的路。

秦盼，就讀春城大學。這所大學，我並不熟悉。大學校園開放不過是近幾年的事情，以前非本校生要進大學非常麻煩。再加上我高中畢業後就去了國外讀書。春城大學，自己竟然一次都沒有進去過。

無論過了多少個歲月，秦盼的身材臉龐仍舊保持著六月十五日的模樣，清純美麗、明眸皓齒。她走起路來盈盈冉冉，她笑起來淡雅如雲霧縈繞。當我們走進學校的大門時，許多男生都不由得望著她看個不停。不時有敵意的視線飄到我身上，當和我對視一眼後，又迅速地移開了。

秦盼提到自己時很謙虛，無疑，她在春城大學一定是校花一般的存在，知名度很高。

「我從來不和男生走在一起，大家今天一定很驚訝。」女孩輕輕笑著，「四年來我沒有交過男朋友，大家都在私底下討論我是不是蕾絲邊。還以為我不知道呢。」

我隨口問了一句：「那妳為什麼不找個男友？」

「因為沒意思。」秦盼想也沒想地說：「我有我自己的目標，找男友耍朋友什麼的，太浪費時間了。」

「喔，妳有什麼遠大的理想嗎？」我不時環顧著四周的環境，警戒周圍。既然兇手每一次都能將秦盼殺掉，那麼不知道從什麼時候起，就應該在觀察她。例如現在，兇手一定也在不遠的地方。

關於自己的理想，秦盼並沒有告訴我。她沉默了。

我不是個多話的人，隨著她的沉默，我也沒有再開口。我們就這樣沉默著，走在寬廣的大道上。道路兩排百年老梧桐樹，清脆的樹葉將天空遮蓋乾淨。路上學生來來往往熙熙攘攘，談笑著、疾走著。我和秦盼如同不相干的兩人，保持著一致的步伐，穿行在梧桐之下。

春城大學比想像中更大。梧桐大道走了五分鐘才到盡頭，眼前出現了一個寬闊的草坪廣場，三三兩兩的學生和社會人在草坪上鋪著野餐墊遊玩嬉戲。

「女生宿舍朝那兒走。」秦盼好奇地看了我一眼：「你確定要進宿舍？可你該怎麼溜進去，宿舍李大媽可是戰鬥力爆表的老阿姨，她那雙火眼金睛，就算你變性了都能看出你曾經是雄性。」

「山人自有妙計。」我聳了聳肩膀。

從草坪廣場朝右繞，又走了十分鐘，草坪不見了，就連學校的建築物也被高大的樹木擋住了。景色陡然變成了森林的模樣，巨大的百年老樹多不勝數。大樹下有許多小道，雖然陰暗，但一到晚上肯定有許多學生跑進去談情說愛。

朝女生宿舍的路雖然大，可走在路上仍舊給人一種彷彿穿行在森林裡的感覺。兩邊的樹林望不到盡頭，幽深而靜謐。在樹林裡談情固然好，但是晚上一個人待在附近走著，不要說膽小的秦盼，就連我都會有些心裡發毛。

「還真難為妳在這條路上走了四年。」我笑著。明明頭頂上太陽正烈，被樹林遮住的大路上，仍舊充斥著一股莫名的陰森。就彷彿這些樹木，只要太陽一下去，就會活過來。伸出爪子，將路上的行人抓住，拖進樹林裡吃掉。

「剛入學的時候老害怕走這條路，所以一個人我從來不走。最後倒習慣了。其實快畢業了，再看這片老林子，還是挺順眼的。」秦盼嘻嘻笑著，轉眼開心的笑容就浮上了苦澀。明明再幾天就畢業了，可誰知道這該死的無盡迴圈，讓自己多過了一百多年的畢業季。

路並不是直線，還有幾條分岔路口。終於繞過老樹林，女生宿舍映入眼簾。這是一棟六層高的樓，看起來並不起眼，而且由於老舊，牆面已經斑駁不堪。每一層樓都有十幾個房間，因為是畢業季，許多人都已經搬空離開了。

「妳們住幾樓？」我問。

秦盼指著最頂層：「最上邊，有點高，記得那一年爬得我可惱火了。」

國內的畢業班通常都會住老宿舍的最頂樓，這倒是沒什麼意外的。

「我住609。」秦盼看了我一眼：「你看最下邊那個老婆婆就是咱們宿舍赫赫有名的火眼李阿姨，我倒要看看你有什麼通天的本領混進去。」

我神秘地笑了笑，「妳先回妳寢室等我，我稍後就上去。」

秦盼顯然不相信，戲謔地又看了我幾眼後，毫不猶豫地走進了宿舍，頭也沒回過。只給我留下了一個美好的倩影。

李阿姨見秦盼進去後，視線就落在了我的身上，一眨不眨警戒著。所謂人狠話不多。只要我敢冒出想進女生宿舍的想法，絕對會第一時間給予我正義的懲罰。

在舍監的監視下，我撇撇嘴，離開了她的視線。

幾分鐘後，609的寢室門被敲響了。

秦盼一臉驚訝地看著我笑得有些欠揍的臉：「呀，你是怎麼上來的？」

「隨便走走就上來了。」我笑得很開心，「其實李阿姨還是挺善解人意的嘛。」

「不可能！」秦盼瞪大了眼：「李阿姨這四年可沒讓任何男生上來過。你該不會是翻進來的吧？」

她走到門外的陽臺上，俯身往樓下望：「怪了，就算是要爬也爬不上來啊。畢竟從前有學生跳過樓，學校把一二樓的窗戶什麼的都封起來了。除非你會輕功，能跳六公尺高。」

「別管我怎麼上來的這種細枝末節的事情，不請我進去坐坐嗎？」

秦盼狐疑地看著我，身體一側開，露出一條縫隙。

這間寢室和我想的不太一樣。都說女生越漂亮住的屋子就越髒，這大概是謠言。

秦盼的房間很乾淨。可乾淨是乾淨，但是太乾淨，乾淨得讓人不知為何就是不舒服。

宿舍四張高腳床，大約十幾平方公尺。呈現長方形。床在上，書桌書櫃在下方。進門的地方還帶著一個小小的浴室，用來洗漱上廁所。

寢室裡噴了空氣清新劑，剛噴的。

我瞥了秦盼一眼，秦盼裝作不在意，其實眼神稍有些緊張。嘖嘖，實際年齡一百多歲的人了，還像小女生一樣害羞。

自己環顧了四周幾圈後，沒發現什麼異常。就只是覺得房間乾淨得要命。那種乾淨很難形容。屋子裡明明雜物不少，可彷彿在這間屋子裡，就連空氣中的灰塵，都比外界少。

「妳的床在這兒？」我繞著宿舍走了幾步，停在了一張高腳床前。

秦盼抓了一縷長髮，儘量讓情緒保持淡然。私人空間進入了陌生人，那個陌生人還不停地打量翻看，任何東西都會仔細觀察一番。對於放著大量私人物品的女生而言，這是一種很不好意思的事。

至少，秦盼此刻就覺得自己真的感到害羞了。

「你怎麼看出來的？」女孩坐到書桌上，順手將桌子上的一隻絨毛布偶拿到手中。

當看清楚她手中玩具的模樣時，我猛地眼神一凝，驚訝道：「這是什麼鳥？」

小鳥布偶長得很奇怪，尖尖的紅嘴，古怪的翅膀，還有長長的三根尾羽。

自己之所以這麼震驚，是因為那小鳥的樣子，和每天早晨九點十五分左右，在我家花園歪脖子櫻桃樹上那隻怪叫著的怪鳥一模一樣！

你妹的，這他奶奶的是怎麼回事？巧合？就如大家知道的那樣，我的知識算淵博的。對於生物學也有涉獵，大多數的生物都能辨認出來。很少有我不認識的物種。但是每個迴圈的早晨就會出現在我窗戶外的鳥，我偏偏不認識。

不認識就不認識吧，可同樣模樣的東西又出現在了和我一樣迴圈著同一天的秦盼的寢室裡，被她抱在懷中。這，無論怎麼想都絕對不可能是巧合。

「你說這隻布偶？」秦盼低頭看了一眼自己懷裡的玩偶，搖頭：「我也不清楚，它長得可愛吧？」

可愛你妹啊！我忍不住快要爆粗口了，女孩抱著的玩偶雖然確實有Q版的形態，但是離可愛這個詞差了至少十萬公里遠。玩偶的做工不好，粗製濫造。黑漆漆的大眼睛瞪得鼓鼓脹脹的，像是瀕死狀態。尖尖的鳥嘴微微張開，裡邊的灰色舌頭如同一根可怕的尖刺。胖嘟嘟的鳥身裡邊棉花塞太多了，而且塞得也不平整。弄得鳥身一坨鼓一坨平，猶如整隻鳥都長著許多膿包。

還有那長長的尾羽，乾巴巴的，難看到我都不好意思用詞彙來形容。虧秦盼還受得了整天抱著。

「不可愛嗎？」女孩見我一臉吃屎的表情，驚訝道：「我倒是覺得挺可愛的。」

「妳是不是活久了，審美觀都扭曲了。」我不想對她的審美發表意見：「這隻玩偶，是誰送給妳的？」

秦盼搖了搖頭，想了半天也沒有結果：「不記得了，太久以前的事情了。」

「多久？」我問。

「就別人的時間而言，可能就是前幾天。但對我而言，大概過了數百年。許多事情，我都不太記得清了。」女孩說得平淡，但是卻讓我的心掀起了軒然大波。

差點忘了，秦盼的時間和這個城市一千多萬人的時間都不同。她的時間沒有終點，她的大腦為了記得最近的事情，只能遺忘從前的事。

但是這隻鳥肯定不是從外邊買來的，從做工上來看，肯定是誰一針一線做出來送給秦盼的。送這隻玩偶的人是誰？為什麼和我家花園裡出現的未知名的鳥兒一個模樣？兩者之間沒有關聯才怪。

難道這隻鳥，就是我和秦盼無限輪迴在六月十五日這一天的原因。甚至秦盼每一次死亡，都會讓我的時間重置的原因，也和這隻鳥有關？

我無法揣測這之間到底有什麼冥冥中的關聯，但是這畢竟是一條線索。在茫茫沒有答案的一日遊迴圈中，哪怕只是找到了一丁點的線索，也讓我興奮不已。

自己用手機幫秦盼的鳥布偶上上下下前前後後照了許多照片，決定一有機會就到網上查查這隻鳥的線索。

但是今天，我最重要的工作，就是躲在暗地裡觀察秦盼的死因，以及殺她的兇手到底是誰！

「有時間妳多多回憶一下這隻鳥玩偶的事情。」我吩咐秦盼後，又在女生宿舍待了一會兒，盤查女孩的另外三位室友。

秦盼寢室住著四個女生。除了她之外，還有王玖玖。秦盼的手機裡有與其他三位室友的合影。王玖玖長得很中庸，不漂亮也不醜，據說是和秦盼高中時期就一起的好友。大姐姐般一直都挺照顧她的。這女孩身材不錯，秦盼說她找的男友挺高挺帥的，可就是有些神秘，從沒見到過真人。

交往了一年多，自己這個好閨密老朋友都沒見到過的神秘男友。這很懸疑！

所以秦盼經常開王玖玖玩笑，說她口中的男友，是不是真的是三次元生物。王玖玖每次都一臉鄙視，說下次一定帶出來讓她瞧瞧。但是每一次，秦盼都沒見到過。

這是個疑點。我的視線從照片上移開，抬頭：「妳活了至少三萬多天，跟蹤了王玖玖不少次了吧？見到過她男友嗎？」

「沒有！」秦盼搖頭，臉上也有些疑惑：「每一次時間都不對。畢竟六月十五日，玖玖的男友是在晚上八點過後約她。可我從來沒有活超過九點。活得最長的那一次，我跟蹤玖玖到她約會的地方。看著玖玖在一家服裝店前等男友，我潛伏了很久。那一次我都快要成功了。我看到玖玖露出開心的笑容，抬起手，高興地向遠處打招呼。」

「我看到玖玖喊叫著什麼。他的男友應該正朝她走來，就在人群中。我的眼睛死死地，一眨不眨地看向人群，看向玖玖喊叫的方向。我只看到了一個灰灰的身影，之後就被拽住頭髮，殺掉了。」

「所以，王玖玖的男友確實是存在的，不是她臆想出來的。」我摸著下巴：「而且兇手殺妳時，他也出現了。所以王玖玖和她男友，都不是嫌疑人。」

秦盼嗯了一聲：「我就是這樣想的，所以沒有再繼續懷疑他們。」

我皺了皺眉，覺得這裡邊彷彿還有些疑點，讓自己不太放得下。但現在最優先要解決的問題還有很多，所以便放下了：「那這個叫做李茉芸的女孩，她怎麼回事？」

秦盼手機裡的李茉芸，每一張照片，都擺著一張臭臉。

女孩看著李茉芸的照片，久久沒有說話。

「妳跟她有仇？」我敏銳地抓住了秦盼複雜的表情。

「有仇談不上，不過我們的關係確實不太好。」秦盼不知道該怎麼解釋：「她跟我不同科系，大學四年雖然一起住，可我們之間的話並不多。李茉芸的家境不好，而我比較傻白甜，所以不知什麼時候得罪過她。相處久了，點點滴滴的摩擦多了，和她的關係就越來越差了。」

女孩微微嘆息道：「困在時間的縫隙裡數百年，其實我早就看開了。畢竟我們之間並沒有什麼要死要活的矛盾。好幾百次我想要跟她和解……」

「和解了嗎？」我有些明知故問。

「怎麼可能！在李茉芸的時間線中，無論我過了多久的歲月，對她而言也才只有一天罷了。昨晚還撕破臉罵過對方娘的人，今天突然跟你說要和好，還和顏悅色的。李茉芸每一次都會被我嚇到。」說到這，秦盼噗哧一聲笑出了聲：「夜不語先生，你不知道她每一次的表情，都一個樣。彷彿我對她笑的下一秒便會掏出刀子刺死她一樣。」

確實，世上的兇殺案很少是從深仇大恨開始的。被殺的人，最初不過跟對方是小摩擦而已。也難怪李茉芸會怕。女性這種生物，就算是我多活幾百年，說不定也弄不懂。

「妳肯定也跟蹤了李茉芸，對吧？」我問。

「肯定會啊。我第一個懷疑的就是她。」秦盼點頭：「但是兇手不是她。六月十五日這一天，她的人生從來沒有變過。我跟蹤了她九十個迴圈，她每次都在晚飯後去圖書館查資料。」

「所以她也被排除了。」我咬了咬嘴唇，指著寢室的第四個女生：「她呢？」

照片最右側的女生模樣很清純，大胸長腿，黑直長髮。雖然沒秦盼那麼漂亮，但是那股乾淨的氣質，很能吸引異性。

「喔，她叫趙小霜。外地人，據說家在南方。父母都是教師，人很聰明喔。我們只是泛泛之交罷了。來往並不多。」秦盼簡單的介紹了一下這位室友。

「妳們一起住了四年，關係僅僅只是普通而已。」我有些感興趣：「難道因為她也是一個美女，所以同性相斥嗎？」

美女和美女之間惺惺相惜很少，互相比較頗多。成為好朋友的機率一直都不高。

「什麼同性相斥嘛，說得好難聽。」秦盼瞪了我一眼：「別看她挺清純的，可惜是個處女座。我水瓶座，和她邏輯不同，相處不來。」

怎麼扯到星座上來了？我撓撓頭：「說實話。」

秦盼沉默了一下：「趙小霜老是說我邏輯混亂，而且她有嚴重的強迫症，還有潔癖哦。我最怕她說話了，一說起來就嘰哩呱啦的不停嘴。像隻蒼蠅似的嗡嗡嗡，煩死了。相對於自認為我的對頭的李茉芸，我其實更討厭趙小霜。」

「果然有意思。」我調侃道：「一個女生宿舍四個人，除了妳從高中時期就是好友的王玖玖外。其餘兩個一個討厭妳，一個是妳討厭。這，有點不正常吧？」

「哪裡不正常了？」秦盼不解道。

「沒什麼。」我剛想說什麼，見女孩臉色不善，頓時將快要出口的話給收了回去。女生這種生物，腦迴路和男生不一樣是很正常的。我男雙子，可不敢惹水瓶座的女性。

搜集完想要知道的資料後，天色也逐漸暗了。我讓秦盼先離開，又在女生宿舍裡溜達了兩圈後，這才離開。

在樓下和秦盼碰面後，她繞著我轉，想要看我藏著什麼沒有。

「看什麼？」我皺眉。

秦盼理直氣壯地說：「我看你有沒有藏什麼不該藏的東西。一個火氣正旺年齡的男性，支開我一個人待在女生宿舍裡。哼哼！」

「一邊去。」我沒好氣地瞪她：「一起去吃晚飯。」

秦盼笑嘻嘻的，哼著歌。也許是孤獨了許久，自己的事情終於有人理解，甚至有人跟她陷入同樣的境地。她的心情異常的好。

這不是她不善良，而是人一個人待久了，寂寞會吞噬自己僅僅剩下的部分。哪怕最珍貴的東西，也會在孤獨與時間中，消磨殆盡。

可是有兩個人就不同了，至少，不會再孤獨了！

我們肩並肩，在逐漸暗去的校園中朝大門走。路上靜悄悄的，沒什麼人。一路都只有我們的腳步聲。

走了許久，我突然想到了什麼，問道：「對了，妳給我看的某張照片上。似乎還有一個女生。那個人，是誰？」

可是沒有人回應我。寂靜的小徑中，不知何時，彷彿只剩下了我一個人的腳步在響。我猛地轉過頭去，整個人都呆住了。

不久前還走在我身旁的秦盼，竟然不見蹤影。偌大的路上，就剩下了我一人。

秦盼去哪兒了？該死，她究竟去哪裡了？我的視線四處閃動，妄圖找到失蹤的她。但是無論我怎麼找，都沒找到。

「秦盼，妳在哪！」我大喊大叫。喊叫聲傳出去，沒有任何聲音回來。如同我被遺忘在了世界上，就連鬼，都懶得理會我。

我的腦袋一陣陣轟鳴，頭有些暈。怪了，秦盼害怕樹林，所以走在我的右側。右側明明是大路，路的另一頭是森林。究竟是誰將她捂著嘴偷偷地拽離了我身旁，而且一丁點聲音都沒有發出？

自始至終，我都沒有絲毫的察覺。這令自己毛骨悚然。

就在我再次準備大喊秦盼名字的時候，眼前飄來一陣黑霧，籠罩了我的世界。這一刻我明白了，秦盼已經被兇手再次殺死。

我的時間，再次重置了！

第九章 時間迴圈的原因

九點十三分，我第二十二次從床上驚醒。猛地坐直身體，心臟怦怦跳個不停。我大口大口地喘息著，哪怕經歷過二十二次同樣的重生，自己仍舊難以適應這種不舒服感。

我掏出電話翻了翻，果然沒有秦盼的號碼。不過她的電話號碼我記在腦子裡了，連忙撥給她。

「喂，哪位。」一個慵懶的女孩聲音傳了過來，像是沒睡醒的模樣。不愧是死過三萬次以上的人，神經比我大條，死亡對她而言已經是很淡然的一件事了。

「是我，夜不語。」

「夜不語！你真的存在？哇，昨天果然不是一場夢。」秦盼愣了愣，欣喜若狂：「我還以為是自己太無聊了，在夢裡虛構了一個你出來。你記得我，哪怕是我死了，重生了，時間重置了，你還記得我？」

電話對面，女孩激動地幾乎要哭出聲來。

我撇撇嘴，「好了好了，等一下再感動。昨天妳是怎麼被殺的？」

女孩想了想：「我就正常地和你走在路上，接著突然被捂住嘴巴，拖進了樹林中，然後就嗝屁了。」

「可妳自始至終一丁點聲音都沒有發出來。」我皺眉：「妳就沒想過對我預警啊？」

秦盼那邊長長沉默了一會兒，好不容易才憋出一句話：「對，對不起。我死習慣了。那雙手拽了我上百年，幾萬次。我都把它當老朋友了……」

你娘家的仙人板板。我忍不住有一股爆髒話的衝動，死習慣了我能理解。可把兇手的那雙殺人的手當朋友的腦迴路，這到底是有多奇特？

見我不說話，秦盼自知理虧，弱弱地又道：「那要不然，今天我被攻擊死掉前，對著你委婉地呻吟幾聲？」

……我爆粗口的慾望更加強烈了，對著我呻吟個妹啊。我要的是大叫、狂叫，讓我有時間作出反應，看清楚兇手的臉。這妮子還準備委婉呻吟，算本命都一百多歲的人了，她當她還是個小姑娘！

「算了，見面再聊。」我語氣不善地和她約了地點後，掛斷了電話。自己有些腦袋痛。秦盼死了太多次，死得已經無所謂了。她應該早已放棄尋找兇手的目的，變成純粹活在每一個六月十五日的幽靈。

不給她一些刺激的話，很難得到這傢伙的配合。得了，還是走一步算一步吧。這整件事情中，讓自己惱火的地方還有很多很多。

清晨十點整，我和秦盼在昨天的河畔咖啡廳見面了。她點了些早餐，吃得正開心。

「妳似乎心情不錯。」見她一邊吃烤麵包一邊哼著歌，我坐在了她對面。

女孩笑盈盈的，「有你記得我，突然我就不感到寂寞了。怎麼會不開心。」

「所以，妳就準備止步不前了？」我問。

秦盼搖頭，「不會啊，我還是希望脫離一天迴圈的命運啊。」

她的語氣裡，有一種無所謂。

我滿腦袋黑線。相對於她的脫線，自己這種認真的性格對她真的有些沒辦法。畢竟水瓶座的思考方式，不要說處女座，就連我大雙子也理解不來。

自己也點了一份早餐，隨意吃了幾口後。掏出一本筆記本，說道：「希望妳是真的想要打破這迴圈。」

「真的真的。」

我嘆了口氣：「無所謂了。我們先來整理一下思緒和線索。」

「首先是為什麼時間重置的開始，是每天早晨九點十三分，妳有什麼想法嗎？」

「沒有。」女孩說得斬釘截鐵。

我的筆一頓，思考立刻就卡住了。

「妳都死了至少三萬次，居然連這個時間對妳而言的意義都沒查過？」我瞪了她一眼。

秦盼捋了捋秀髮：「我當然調查過，可是，什麼也沒找出來。這個時間對我而言完全沒有意義。我喜歡賴床，而且十五日前都在準備論文答辯的事情，經常弄到很晚。所以早晨起床的時間就更拖拉了。九點十三分，除了做夢，我想不出任何關聯。」

「所以這一點，存疑。」我在第一個疑點上，重重畫了個問號。寫了第二個疑點：「妳落入一日迴圈的原因，有眉目嗎？例如前一天碰到了什麼離奇的事情，路上不小心踢飛了石頭，又或者撿了某個古怪的東西。」

「沒有。」秦盼補充了幾句：「通通都沒有。雖然一百多年過去了，可我仍舊記得六月十五的前一天，六月十四日，我整天都在寫答辯。門都沒出，早飯和午飯都是玖玖幫我帶的。晚上吃了一包泡麵了事，沒寫完答辯我就實在累得受不了了，於是躺倒在床上好好睡了一覺。起來後，就是六月十五日早上九點十三分，自己，就此落入了無限迴圈的一天中。」

「所以第二點，也存疑。」我有點懷疑秦盼這三萬次以上的循環往復，時間都用在狗身上去了，一問三不知。

「第三點，第三點。算了，這個問題妳肯定不知道。」我的第三個問題是，兇手的線索。自己毫不猶豫將其畫掉了，這個是我和她迫切的需要的答案。這答案，或許也是解決一切、打破迴圈的關鍵所在。

如果找到兇手的真面目，將其提前關起來，就不會有人殺死秦盼。她便能順利地活過十五日，時間也會恢復正常。

但是秦盼用了三萬次以上的迴圈，足足九十九年都沒有將兇手挖出來。甚至都沒見到過兇手的臉。這表示兇手絕不簡單，我甚至都怕自己沒有把握揪出他來。畢竟時間不止是一把殺豬刀，秦盼的無限重生可以說是絕對兇殘的外掛，沒有任何東西比得上無窮的時間。

但哪怕如此，秦盼都失敗了，甚至放棄了讓自己的人生繼續前進。這讓我無比的小心翼翼。如果就連我，也沒辦法打破時間迴圈抓到兇手。那麼，可能就要涉及到最後一個問題。

我的筆在記事本上停頓了一下，抬頭，認真地盯著秦盼的眼睛：「我想問妳一個問題，妳要嚴肅地回答我。」

「你問。」女孩看我神色凝重，也收斂起盈盈笑意，不由得認真起來。

「妳有試過，自殺嗎？」

這句話，令秦盼渾身一震。

「妳試過？」我一眨不眨地看著她。

女孩緩緩地搖頭：「沒有。」

「我不敢。」

一句不敢兩個字，充分說明了秦盼數百年來的天人交戰。她恐怕早就想到了，說不定自殺有可能便是擺脫現狀的方法之一。

但是，她卻不敢。因為沒有人不怕死。哪怕是苟活著，也比死亡好多了。

「我不敢。我怕自己自殺後，輪迴確實打破了。但是自殺後的我，還能活過來嗎？畢竟自殺能打破迴圈，只是我的一個想法而已。成功和不成功的機率，是五五波。不對，肯定沒有百分之五十的機率。」秦盼輕聲道，她用勺子攪拌著空杯子而不自知。

「自殺只有三個結果。第一，迴圈打破了。我活不過來，死了。第二，我活過來了。但是迴圈很有可能繼續。第三，我活過來了，迴圈也打破了。這機率很低。所以我始終不敢嘗試。」

我啞然，將心比心，我也不敢嘗試用自殺來打破迴圈。在同一日往復了二十二次了，每一次，我都在努力地挖掘線索。自殺這辦法，恐怕要到我真的絕望了，才會用。

「今天，你也準備找出殺我的兇手嗎？」秦盼不想那麼沉重，用輕鬆的語氣問。

「當然。」我點頭：「今天我準備換一個辦法。不和妳一起走。」

我帶著她找到房屋仲介，租了間靠近春城大學的公寓。那間公寓有很大的陽臺和很寬闊的視野。剛好能看到春城大學的那片老樹林以及道路。自己順帶買了有錄影功能的望遠鏡，將天文望遠鏡架設在陽臺上，對準學校路上的某一段。

接著，自己指著學校裡的一段路說：「妳今晚八點過，一個人回學校。什麼路也別走，就走這條。記得，走路要走正中央的這條分割線。這樣兇手應該會沒有戒心，當然哪怕他有戒心，也不可能在空曠的地方將妳拽入樹林時，不留下任何痕跡。」

「好嘛，知道了。咱們可以去吃午飯了？」秦盼記下了我的話後，雀躍道：「我們去吃韓國燒烤吧！」

「為什麼是韓國燒烤？」

「因為玖玖不愛吃，都不陪我。我的朋友又不多，韓國燒烤一個人吃著不香。去吃嘛，去吃嘛。」女孩開心地笑著，拽著我朝外跑。

當我們走出校園，來到大路上等紅綠燈時。突然，有一股凍徹心扉的陰冷視線，落在了我身上。

我渾身一抖，下意識地朝視線的來源方向望去。可剛一轉頭，自己心裡就大喊不妙。那股視線是故意讓我發現的，秦盼有危險！

毫不猶豫的，我手往右邊一撈，準備將秦盼抓住。但是手落空了，什麼也沒有抓到。我轉頭往右側望。只見女孩笑著，正在不遠處買小攤上的蛋烘糕。

「秦盼。」我急得大叫。

「別急，這家蛋烘糕可好吃了。」秦盼只來得及回過頭看我一眼，她的笑容盈盈充滿著開心，大大的眼睛裡漣漪連連。

之後，一個黑影從天空上落了下來。女孩應聲而倒，如同水墨畫上噴濺出一絲刺眼的紅。接著我眼前一黑，光明不在。

第二十三次重置一開始，我就從床上翻起身，打了電話給秦盼。

「夜先生，你這麼早啊。等等，讓我再睡一會兒。」女孩迷迷糊糊地接了電話，聽到我的聲音後，咕噥道。

果然是死習慣的傢伙，我始終無法跟上她鎮定的節奏。

早晨十點半，照例在河畔咖啡廳碰面。我扣了扣腦袋：「妳昨天是怎麼死的？」

「誰知道。」秦盼滿不在乎地說：「頭突然一痛，就嗝屁了。」

「在我的時間結束前半秒，我似乎看到了一個黑影砸在妳頭上。」我沉聲道：「這實在太奇怪了。學校大門前的紅綠燈附近，沒有任何高樓大廈。最高的建築物也不過是一棟六樓高的房子。但是那棟建築，在紅綠燈對面，離我們有五十幾公尺的距離。」

「那個砸中妳的黑影，應該是一顆五公斤重的石頭。很難想像有什麼人能在五十公尺遠的樓頂，對著妳扔出一顆五斤重的石頭後，還能準確地砸死你。」我說到這，頓了頓：「而且，石頭靠近妳後應該是垂直落下來的。根據重力加速度，石頭距離妳的腦袋頂端，應該有四十多公尺高。附近沒有這麼高的樓。」

秦盼眼睛裡全是崇拜的小星星：「哇，你只比我晚死掉半秒，就能分析出那麼多東西，好厲害！」

我瞪了她一眼：「夠了，認真點。」

「好嘛好嘛。」她吐了吐舌頭。

「我猜測，有人用無人機將五公斤重的石頭運到了妳頭頂，然後扔了下來。砸死妳。」自己摸著下巴，苦惱道：「只有無人機符合條件。但是能搬運五公斤重物的無人機，純電動的沒辦法，只能油電混合的。不過油電混合的無人機，國內有禁令，不准個人用戶買賣。想來想去，又陷入死胡同了。」

正在我抓頭髮的時候，秦盼一抬頭，說道：「有啊，我們學校有一個社團，應該就有油電混合的無人機。」

「真的？」我眼睛一亮。

「嘻嘻，你中午陪我去吃韓國燒烤，我就帶你去。」秦盼狡黠地甜甜笑著。

我忍不住想要敲她的腦袋，你娘家的，老子這麼辛苦到底是為了誰。作為整件事的主角加正宗受害者，居然用自己的事情來要脅我。我這個人可是有堅硬的原則的！

所以，我終究還是陪她跑去吃韓國燒烤了。

路過那紅綠燈時，自己特意往頭頂上望了幾眼。天空乾淨澄清，一望無際，漂亮得難以置信。就在這湛藍的天空之中，暗藏著殺機。上個輪迴，我們來到這條路上，一顆大石頭砸了下來，砸死了秦盼。時間如果我沒記錯的話，應該在十二點五十六分左右。

現在是十二點十三分。頭頂上沒有任何東西。當我們順利地走過路口，秦盼仍舊活著。自己思忖了片刻，果然是時間或者情況不同，隱藏的殺手也會採取不同的殺人方式。但，到底是時間還是狀況在影響殺手的方法呢？這值得好好的深思。

畢竟兩者之間，相差了很多。根據秦盼的說法，她有記憶的三萬六千多次的迴圈裡，兇手用的方法幾乎很少有重複的。這很讓人在意。

一個兇手，真的能用三萬多種方法殺掉一個人嗎？何況對秦盼而言，那是數百年。但對兇手來說，僅僅只是一天罷了。一天，能準備多少東西？

隱隱中，我總覺得又什麼地方不太對勁兒。整個事件裡，都透著一股詭異的氣息。

我們的第二次韓國燒烤之旅，止步於餐廳前一百公尺的位置。靠近秦盼的一家餐館發生了天然氣爆炸，火焰瞬間席捲吞噬了她。

我的眼前一黑，第二十四次輪迴開始了。

自己睜開眼睛，電話響了起來。我看了一眼標注為陌生人的號碼，是秦盼。這妮子這次怎麼那麼殷勤，居然在剛醒的瞬間就打電話過來了。

她，什麼時候記住我的號碼的？

我將電話接起，就聽到話筒對面傳來了憤憤不平的聲音：「吃韓國燒烤，我們去吃韓國燒烤。」

女孩說得咬牙切齒，一副排除萬難作吃貨的壯志豪情：「誰阻止老娘去那家餐廳，老娘就跟誰火併。」

秦盼是真的火了。連續兩天想要吃韓國燒烤，兩次都死在路上，「今天咱們一開門就去吃。」

「妳幹嘛對韓國燒烤有那麼強的執念？」說到這兒，我突然有股毛骨悚然的感覺，顫聲道：「妳曾經說過，從來沒去過那家店？」

「對啊，沒人陪我去吃啊。」秦盼疑惑道。

我皺了皺眉：「上百年的輪迴裡，妳一次都沒去吃過？」

「沒有。不過附近的、以及整個春城所有的餐廳，我都吃過了哦。包括五星級的那種。總之一天中吃光了存款也完全沒有問題。反正我一天內肯定會死翹翹，之後時間重置，存款也回來了。」秦盼得意道。至少這該死的一天遊人生，還是有些好處的。

我心情很鬱悶，她還真會苦中作樂。

「所以妳全城所有的餐館都去過了，就是沒有去過這一家？」我又問。

「沒有。一個人吃韓餐很無聊嘛。」

總是這個回答。我看著她：「一個人吃西餐也很無聊。一個人吃海底撈也很無聊，對吧。妳都嘗試過了？」

「試過。海底撈的服務生很有愛心，看我一個人去吃，還在我對面的椅子上放了一個大大的抱抱熊。」秦盼噗哧一聲笑了：「我一邊吃一邊看那可愛的抱抱熊，突然就哭了。一個人吃東西，真的很寂寞。」

我沉默了一下：「春城的餐廳，有三分之一是火鍋店。妳也都去過了？」

「去過去過，每一家都去過。我最喜歡吃火鍋，哪怕只有一個人吃。」秦盼正得意地想要說下一句話，卻被我打斷了。

「夠了。妳是不是早就覺得奇怪了？」我哼了一聲。

「覺得奇怪什麼？」

「一百多年來，妳吃遍春城上萬家餐廳。唯獨不去學校門口的韓國燒烤店。為什麼？妳不可能不覺得奇怪！」

「好吧，我承認有點奇怪。」秦盼說的話有點言不由衷。

我頓時嚴肅起來：「妳死了多少次？」

「什麼？」

「妳在嘗試去韓國燒烤店的路上死過多少次，才放棄不去了？」

秦盼愣了愣，「大約……六千多次吧。」

「六千多次。妳奶奶的！」我罵道：「怎麼不一開始就告訴我？」

「忘記了。這很重要嗎？」

我瞪她：「不重要，妳嘗試六千多次幹嘛？一句忘記了就想掩飾過去，妳到底在隱瞞什麼？」

「我沒隱瞞什麼。」秦盼露出傻白甜特有的困惑表情，無奈道：「對於一個可以在同一天死三萬次以上的女生。分配六千次死亡去吃一家餐館有什麼好奇怪的嘛。你這人根本不懂女生，女生對食物和衣服是最執著的！」

我無語了。這傢伙，肯定對我隱瞞了某些重要的事情。是不是應該逼她說出來呢？自己正思忖著的時候，韓國燒烤店已經離我們越來越近了。

春城大學外有許多農民自己購地蓋起的房子，大約六層高，也有幾棟三十三層高的商業大樓，一到三樓都是商店和餐廳。燒烤店就在大樓商業街的一樓中間位置，離我們大約還有十公尺遠。

秦盼突然雀躍起來：「太好了，這是有史以來我離那家餐廳最近的時刻。」

「妳花了六千多次嘗試，到底都幹了些什麼啊？」我拍了拍額頭。有人看起來笨，其實聰明。有人看起來就是好學生，可實際上脫線得厲害。秦盼純粹是後者。總覺得跟這妮子待久了，自己都會變笨。

「你不知道進這家餐廳到底有多難，對我而言。」總之已經暴露了，秦盼倒是乾脆了：「六千多次，無論我從前後左右，正門還是後門，甚至我還從樓頂爬繩子下去過，都沒辦法靠近這餐廳。越是吃不了，我越想去吃吃試試。」

這樣一想，韓國燒烤店確實對秦盼而言，是噩夢級的美食店。我垂著眼皮，一邊走一邊思忖著。很明顯有一股力量，或者有人在阻止秦盼進那家餐廳。但是，為什麼？那家餐廳隱藏著什麼秘密？又或者，在這迴圈的世界中，那家餐廳扮演著怎麼樣的角色？

無論如何餐廳有問題是毋庸置疑的，說不定裡邊就隱藏著打破迴圈的秘密！

「喂。」我轉頭，想跟秦盼說話。可是剛剛還在咫尺的女孩，卻沒有回應我。一股不安感充斥全身，我連忙反射性地向後退了幾步。

幾秒前，離我只有幾十公分距離的秦盼，又不見了。身旁傳來了路人的驚訝和尖叫，我只感覺視線的餘光瞟到了什麼物體在不遠處的空中隨風掙扎飄蕩著。

定睛一看，是秦盼。一根垂下來的電線不知何時將秦盼的脖子纏住，把她整個人提到了半空中。電線一直延伸向三樓，三樓上，一雙手牢牢地將電線拽著。他拽著的是秦盼逐漸消失的生命。

這雙手的主人就是兇手？

我沒有去救秦盼，她已經沒救了。自己清楚地看到電線有幾處故意裸露出來的地方，銅線爆開，如同幾十根魚鉤死死地倒刺入女孩的喉嚨。秦盼的死亡只是時間問題。自己一秒鐘都不願意浪費，全神貫注地看著那雙手。兇手只露出了一雙手，除此之外什麼也沒有留下。手不粗糙，不像是幹體力活的。由於隔了九公尺的高度，我只能簡單掃過手上容易辨識的特徵。

那雙乾淨的手上，有一個古怪的疤痕。像是胎記，一個蟲子似的胎記。

被吊起掙扎的秦盼，逐漸不再動彈。周圍的人大叫著，有人朝她跑過來，有人掏出手機打電話。最終，誰也沒來得及救下她。

在她吐出最後一口氣的時候，我的眼前也一黑，徹底失去了意識。

第二十四次輪迴結束，第二十五次，開始了。

第十章 隱藏的惡意

早晨十點半，我和秦盼再一次在河畔咖啡廳碰頭。點了早餐，一邊吃一邊聊。

「我看到兇手的手了。」我的語氣帶著些小興奮。

正埋頭吃著烤吐司的秦盼先是愣愣地抬頭看了我一眼，好久都沒有反應過來。當腦子完全明白我話中的意思時，手裡的吐司掉了下去。

「你說……什麼？」她用上了洪荒之力看著我，彷彿想要將全身的力氣都用在視線上。

「我說，我看到了兇手的手。」

秦盼沉默了一下，她整個人都顫抖起來，「真的？」

她的語氣隨著她的身體抖個不停。

「我確定自己看到了。」我點頭。

女孩的心臟猛烈地跳動不停，她死了超過四萬次，沒有一次摸到兇手的任何線索。可是這一次不同，這一次眼前的男子說他看到了兇手的手。這讓秦盼有種還陷在夢中的不真實感。

「你真的看到了？」

「妳煩不煩，還要我說多少次啊！」我瞪向她，把激動得臉色發紅的秦盼嚇得縮了縮脖子。

「那雙手，兇手的手……」女孩頓了頓，拚命地壓抑住乾澀的語氣：「是什麼樣子的？」

「很普通的一雙手，沒什麼老繭，看不出來是個能從三樓垂下粗粗的電線，將妳勒死的傢伙。」我回憶著那雙手的細節：「如果眼睛是一個人的心靈之窗，那麼手就是一個人生活狀態的窗戶，帶著那人許多的烙印和信息。」

「那雙手不大，但應該是男性。從皮膚細膩程度判斷，應該是十八到二十五歲之間。喜歡看書，因為他右手食指左側有繭。那是經常翻看紙本書籍留下的痕跡。對了，最重要的是，那人的左手上，有一個特殊的胎記。像是一條肥肥的蟲子。」

秦盼睜大了眼：「你盯著那雙手看了多久？」

「發現妳被吊到死亡，大約不到一分鐘。」我撇撇嘴：「我注視了那雙手應該十秒左右。」

「只看了十秒鐘，你就能從一雙手裡尋找到那麼多線索？」秦盼無語了，上上下下打量著我：「夜不語先生，你究竟是什麼人？」

我沉默片刻：「我是可以救妳的人。」

秦盼水汪汪的大眼睛裡，透著一絲笑：「不只是想要救我吧，你想要從這個迴圈中逃出去。你比我急得多，是不是有什麼著急的事情要做？」

「沒錯。」我對這個最主要的目的也毫不掩飾。

「好吧，那我們就逃出去吧。這該死的日子，我也早就煩透了。」秦盼苦笑了一笑：「有一段時間，我發現自己只要迴圈在六月十五日這一天，就會永遠不老不死。這不是人類終極的目標嗎，不會死而且還永保青春呢。」

「但事實不是這樣。」女孩轉動腦袋，看向了窗外蔚藍的天空。河畔的風吹拂著楊柳樹，不時有帶著小孩的老人走過。小孩在長輩身旁蹦蹦跳跳。這平凡的場景在美麗的天空下，卻讓秦盼羨慕不已。

「年輕人才有無限可能。時間只有往前走，人類才有意義。從出生到死亡，人生經歷的一整個輪迴，才是真正有價值的。陷入一成不變的人生中的，應該是等待著死亡的老人才對。因為他們的人生從輝煌，已經到了盡頭。」

秦盼深深吸了一口氣：「可我已經變成了那種老人。看著同樣的風景，望著日復一日如NPC般行動著的人。幾萬次經歷著同樣的事情，我甚至都能清楚的曉得，下一刻的風，朝哪邊颳了。真的很沒有意思。老人能等來死亡，我的人生，卻沒辦法結束。」

「這裡，就是地獄。」

「不，這裡比地獄更加的可怕。因為，哪怕經過了一百年，兩百年，幾萬年。我的實際年齡也不過才二十二歲罷了。」

我也看向了窗外。自己不過才經歷了二十五次輪迴，就厭倦了眼前的風景。不過自己仍舊無法對秦盼感同身受。在這女孩樂觀開朗甚至有些傻白甜的漂亮面容下，隱藏著的卻是實實在在的絕望。

如果真有地獄的話，確實也不過如此了。

「妳昨天是怎麼死的？」我整理了一下思緒，問道。說實話，秦盼昨天死得有些傻。我搞不懂一個正常理智人格健全的二十幾歲女性，是如何傻到被垂下來的電線給吊上半空中的。

女孩嘟著嘴，似乎看出了我心裡的偷笑：「你在笑我，對吧？偷偷地。」

「對。」我承認了。

「你這人，真是，誠實。」秦盼沒料到我會承認，有些不知道該怎麼接話。她想了想上一次的死亡情況：「我也不知道怎麼回事。自己滿腦子都是去吃韓國燒烤，結果脖子一痛，像是有無數根針刺進去。喉嚨也被勒住了，無法作聲。那些倒刺將我牢牢地固定著，哪怕我的身體被提到了半空。」

「我痛苦死了。幸好痛苦來得快去得也快，很快我就眼睛一黑嗝屁了。」秦盼很慶幸，雖然她死習慣了。可每一天都在變著法子死亡，死亡前的痛苦也是實實在在的。如昨天那般被吊死，死得如此乾脆，算是一種幸運。畢竟有時候兇手用的方法更加殘忍，死亡前的痛苦甚至比死亡本身更加恐怖。

在那種殘忍中，死亡，本就是一種解脫。

「一般勒死都會死於腦部缺氧，不應該像妳一般，不到一分鐘就徹底沒了生命氣息。」我摸著下巴，皺眉：「難道兇手還在電線的倒刺上塗了某種毒藥，讓周圍的人來不及救妳？」

這，又是一條線索。畢竟讓人迅速致命的毒藥全都是管制品，在市面上很難買到。如果能確認毒藥的成分，從來源考慮的話，或許能夠更接近兇手一些。

「對了對了。夜不語先生，今天中午，再去挑戰一次韓國燒烤吧。」秦盼對那家她花了六千多次輪迴都沒有吃到的餐廳，再次燃起了鬥志。

我瞥了她一眼：「今天，我確實準備去韓國燒烤店一趟。」

「太好了！」吃貨秦盼雀躍起來。

但我潑了她一盆冷水：「可是不包括妳。」

「啊！怎麼這樣！」秦盼興致頓時被澆熄了，她明白了我的目的：「您是準備一個人去吃？」

「沒錯，既然兇手殺的是妳。而且他並不清楚我們的關係。所以我一個人去韓國燒烤店，應該是沒有危險的。」我抬起腦袋：「我倒要看看，那家店裡到底隱藏著什麼秘密！」

「那我呢？」秦盼指著自己的臉，可憐巴巴地問。

「回妳的宿舍吃泡麵，等我電話。」說著，我站起身來。現在是早晨十一點半，韓國燒烤店還在準備食材沒有開門。自己可以在那周圍徘徊尋找更多的線索。

「怎麼這樣！嗚嗚。」女孩不滿我的安排，又不敢反駁。只能用大眼睛氣呼呼地看我，那雙眼睛裡流光滿溢，卻訴說著對我的擔心。

「小心點。」她乖乖地準備回女生宿舍，在跟我分開前，欲言又止。最後只吐出了這三個字。

自己沒太在意，徑直掐著時間，到了春城大學校門外的街上。

這條街道很繁華，絲毫沒有受到暑假就要來臨，甚至春城大學將要徹底搬走的影響。人來人往的街道上，大部分的店鋪都是餐廳。匯集了南北方的所有食品。韓國燒烤店的位置不算好，但是生意也不錯。

我繞著店走了幾圈，沒發現什麼奇怪的地方。這家餐廳的招牌佔據了一樓到二樓的空間，老闆大概是中國人，所以招牌上沒有用韓語。

晃到十二點半的時候，自己才不緊不慢地跨入了餐廳的門。

天氣很熱，一開門屋裡的涼氣就撲面而來。那股氣息很怪，感覺並不像是單純的空調。

「先生，請問幾位？」女服務生迎了上來。

「一位。」

或許是很少遇到一個人跑來吃燒烤的顧客，女服務生愣了愣，連忙道：「樓上有情侶座，先生去二樓坐吧。」

在她的帶領下，我從一樓大堂穿過，順著樓梯去了二樓。自己的視線在一樓掃過，店的一樓大約三十幾平方公尺，不大，很乾淨。都是大桌子，顧客坐了一大半，吃得不亦樂乎。

二樓和一樓一樣大，但全是兩位到四位的小座位。人不多，很清靜。

女服務生帶我來到靠窗的桌子，把菜單遞給我：「先生，這是菜單，要點餐時請再叫我。」

「不用了。」我看也沒看菜單：「我要一份你們家的特色套餐。」

女服務生猶豫了一下，「那這樣，一份經典韓國烤肉套餐一人份，以及一份蔬菜拼盤和冷飲，可以嗎？」

「好。」我托著腮幫子，一直看著窗外。

女服務生多看了我幾眼，大概是覺得我人有些怪。自己沒在意，只是一個勁兒地看窗外的風景。二樓往外望，風景不算好。但能看到從春城大學大門到這條街一路的景象，看著樓下熙熙攘攘平凡生活著的人，我有些恍惚。

這些人，知道自己的人生是在一到二十四小時之間不定時的輪迴著嗎？這一刻，我似乎有些分不清，到底是我和秦盼的時間凝固了，還是他們的時間凝固了。在我和秦盼陷入一日輪迴時，世界是怎樣的？宇宙又是怎樣的？

它們的時間也在重複嗎？還是說，正常人的時間仍舊是在往前走，只不過秦盼的時間線因為某種原因進入了一條平行世界的岔道。這條岔道猶如克萊因瓶，無法離開，只能永世陷入迴圈。

而我呢，究竟是為什麼，會被秦盼攜帶著，在二十五天前進入了這個不正常的世界中？二十五次輪迴說多不多，說少也不少了。這讓自己很擔憂。有一股說不清的不舒服感，勒緊了心臟。自己隱隱在內心恐懼著，有個聲音拚命在腦海深處告訴自己。

必須要儘快脫離出去。拖得越久陷得越深，很有可能最終難以自拔，再也沒辦法離開。

菜上完了，我才從思索中清醒。隨便吃了一些後，自己開始藉著撒尿找廁所這個藉口，在韓國燒烤店裡到處轉。

店很普通，甚至沒什麼特色。但是肉品還算好吃，蘸料微甜，適合不喜歡吃辣的人。我從一樓開始晃起，二樓也轉了幾圈。始終沒找到奇怪之處。最終我皺著眉頭來到了窗戶邊上，透過玻璃看向外邊。

腦袋轉個不停。既然是如此普通的店，為什麼兇手會不斷阻止秦盼來這裡？既然兇手殺了來韓國餐廳路上的秦盼六千多次，就證明餐廳裡一定隱藏著某種兇手不想讓秦盼知道的東西。

那東西很重要，重要到就算秦盼接近這家餐廳都不被允許。這是為什麼？讓秦盼進來，以那傻白甜的性格，肯定不可能找得到連我都發現不了的異常。還是說，兇手盡力隱藏的東西，如果秦盼踏進餐廳的話，就一定會被發覺。

否則完全無法理解兇手的態度。

所以說，餐廳肯定有什麼東西，是秦盼知道，但是別人無所謂，就連看到了也不清楚有什麼意義的東西！

那是什麼？可他奶奶的，那秘密是什麼？如果真的是只有秦盼才知道的東西，你妹的我找得出來才有鬼了！

等等！不一定非得我自己找！

我想到了什麼，激動地掏出手機，打開了視訊通話模式。滴滴滴的幾聲過去，視訊的那一邊，秦盼清秀的臉露了出來。

她舒服地躺在床上，穿著清涼的翠綠色小背心，白皙的皮膚秀色可餐的臉龐，顯得清新無比。

「夜不語先生，你找到什麼了嗎？」她睜著水汪汪的大眼睛，懶懶地看著我。

「我已經在餐廳裡了，不過，需要妳參與。」我將自己的分析說了一遍。

秦盼低下腦袋想了想：「我不記得以前去過這家餐廳。但是夜不語先生你的猜測也似乎沒有錯。乾脆，您帶著手機再走一圈，我試著回憶看看。」

於是我帶著手機，裝作若無其事的模樣，從一樓到二樓又走了一趟。在臨近二樓洗手間的時候，秦盼突然叫了一聲：「停！」

「往前走。」她似乎真發現了什麼。

我依她的指示往前走了幾步。

「右手邊的女廁所，進去！」

我眉頭一壓，「妳該不會是在玩我吧？」

自己看向視訊中的她，只見秦盼神色凝重，並沒有開玩笑的表情。我左右瞅了瞅，見沒有人注意自己這邊，之後又用力敲了敲女廁所的門，裡邊沒人回應。立刻以迅雷不及掩耳的速度拉開門閃入女廁所中，反手將門鎖住。

女廁同樣很普通，有三個用防火板隔開的隔間。

「你用手機四處都照照，我像是又想起了什麼。」秦盼摸著太陽穴，她腦袋有些發痛。

「妳以前來過？」我瞇了瞇眼睛。

「我確定自己沒來過。」女孩說。

「那妳叫我進女廁所幹嘛？」

「我有預感，這個廁所裡藏著關鍵的東西！」秦盼苦想，「進最中間的隔間裡。」

我拉開隔間，裡邊是蹲式馬桶，不太乾淨。馬桶旁擺了一個塑膠垃圾桶，堆滿了用過的衛生紙和沾著血的衛生綿。

「移開垃圾桶。」她又說。

我點頭，心想來都來了，如果秦盼是真的在耍我，自己絕對不會饒過她！用腳踢了踢垃圾桶，那看起來輕飄飄的垃圾桶居然沒有被我踢動。裡邊裝滿的骯髒衛生紙和衛生棉甚至都沒有動彈絲毫。這垃圾桶的下方，竟是被什麼東西固定住了。

我心頭一喜，誰家廁所裡的垃圾桶會固定？果然是有問題。

自己忍著噁心，將垃圾桶往上拉。沒拉動。自己更用力了，垃圾桶彷彿打破什麼隔閡，終於被我拉了起來。

將垃圾桶放到一旁，露出一塊微微凸起的地面。地上最中央的位置，有一個金屬的凸起物，在燈光下閃爍著神秘的色澤。

「現在該幹什麼？」我問。

「踩下去。用力。」秦盼斬釘截鐵地說。

我撇撇嘴，「都到這個分上了，妳還說妳沒來過這兒。」

「我很確定沒有來過。」秦盼也很疑惑：「可是不知道為什麼，我對這間廁所很熟悉。」

「沒來過餐廳，卻來過這間廁所。有意思。」我不置可否，正當自己準備一腳踩在金屬凸起物時，突然，自己整個人都呆住了。

秦盼坐在床上，床在書櫃上方。從她的鏡頭裡拍攝的畫面，可以看到臥室大部分的情況。自己越看那臥室，越覺得異樣。

「怎麼了？」秦盼見我臉色變得鐵青，連忙問。

「快逃！」我厲聲道。

「逃？」女孩一時間沒反應過來。

「現在！」我又吼了一聲。

秦盼總算是明白了，穿著小背心，衣服也來不及拿，跳下床，踩在地板上就往寢室的房門跑去。

剛跑幾步，最靠近房門的衣櫃門猛地彈開了。一雙男性的手，從衣櫃中探出來，牢牢地拽住秦盼。那雙手上，有蟲子一般的胎記。

是兇手！兇手什麼時候躲到了秦盼的寢室裡？

秦盼被抓住，整個人的身體都因為前衝力量被阻斷而倒在地上。她尖叫著，拚命轉頭想要看清楚兇手的臉。她的手機被丟得老遠，掉在地上，完全看不清楚房間裡發生什麼事。

螢幕中，只剩下泛黃的天花板。

「別管我，踩下去。」秦盼大叫大喊，之後她的手機就被誰踩中，沒了訊號。

我看著斷掉的視訊，心臟狂跳。秦盼在她的寢室裡拚命，而我也不能示弱。自己不再猶豫，一腳踩在了金屬凸起上。

廁所隔間的蹲式馬桶外，發出了一道奇怪的響聲。我打開隔間的門，有些驚訝。不知何時，隔間竟然變成了四個。多出來的一個隔間，到底是怎麼出現的？難道這間廁所裡一直有個隱藏的空間，只是被防火門一類的東西隔開了？

我往天花板望去。果然，那個隔間上空沒有鋁合金扣板。反而有一個可以捲起來，乍看之下像是白色牆壁的捲簾門。

自己深吸一口氣，走到了多出來的隔間前。當自己看清楚隔間上貼著的用A4紙列印的通告時，腦袋猛地一陣陣抽搐。

只見上邊赫然寫著，「晚上九點十三分到早上九點十三分之間，此門必須關閉，絕不能打開。否則後果自負！」

九點十三分。你奶奶的九點十三分。一直以來，九點十三分猶如夢魘一般困擾著我。為什麼秦盼死掉後會在九點十三分醒過來，而不是別的時間？九點十三這個數字很不正常，既不是整數，又全都是基數。無論如何都看不出它的存在意義。

但現在不同了。

這扇門上赫然貼著的通告裡，就寫著九點十三分這沒有意義的數字。這絕不是巧合。

我的心臟在狂跳，腦袋瘋狂的運轉。

難道這扇門後邊，隱藏著秦盼落入無限迴圈的原因？這扇門，這個隔間為什麼會被韓國餐廳的老闆隱藏起來？為什麼要貼通告，警告自己的員工，晚上九點十三分到早晨九點十三分，都不能將門打開。

門後，有危險？

我口乾舌燥，將手搭在冰冷的門把手上。扭開！

門鎖發出了枯燥的咿嗟摩擦聲，門被拉開了一條縫隙。我拚命地睜大眼睛，全神貫注想要看清楚門後究竟隱藏著什麼秘密。

就在這時，腦子一震，黑暗迅速襲來。

我心中一片冰涼。秦盼死了。該死，怎麼在這個節骨眼上死掉，怎麼沒有多支撐一下。哪怕，只多支撐一秒。

不夠，還不夠。我努力地在眼前灰敗的黑暗中瞪大眼睛，用盡全部力氣推開隔間的門，想要將裡邊的東西看個清楚……

門在我臨死前徹底推開了，內部空間全部落入眼中。可惜我的眼，已經什麼也看不見了。帶著最後一絲不甘心，我失去了意識！

第二十五次迴圈結束。

第十一章 真兇浮現

第二十六次輪迴一開始，我坐起身，深深地嘆了口氣。

自始至終，我都沒看清門後邊到底隱藏著什麼。明明門已經被我推開了，只需要看一眼，看一眼就好。可惜了！

秦盼這個女孩，在她陷入六月十五日的輪迴之前，身上到底發生過什麼？明明她對韓國餐廳廁所裡的東西那麼熟悉，卻偏偏說她自己從來沒有去過。

她說的不像是假話。畢竟真話假話，我還是能分辨得出來。可如果她的話不假，那她為什麼清清楚楚地知道韓國燒烤店的二樓洗手間裡有一個隱藏的隔間？

那個隔間裡的秘密，會不會就是她在這一天無限輪迴的原因？

不排除有這種可能，但是我覺得答案恐怕比我想像的更加複雜。

坐在床上愣了愣神，秦盼的電話打來了。

「喂，夜不語先生，你看到韓國餐廳洗手間隔間裡的東西了嗎？」秦盼語氣平穩地問。

我撓撓頭：「沒來得及看清楚。」

「抱歉。」女孩很不好意思：「都怪我不好。如果我遭到襲擊時深吸一口氣，晚一秒死掉就好了。」

「這，不怪妳。不過我倒是看清楚襲擊妳的人是誰了。」我說道：「就是那個在韓國餐廳前吊死妳的男子，手上有蟲子胎記的傢伙。」

「果然他就是殺我的真兇！」秦盼興奮起來，終於她又跟兇手靠近了一步。知道了他是男人，知道了他手上有奇怪的胎記。更知道了，他不是自己的朋友親戚。畢竟她沒有任何一個朋友親人，手上有類似的胎記。

只要搞清楚她沒有被朋友和親人背叛，秦盼就很開心。她，果然是一個很好懂，很單純的女孩。

「今天我們還是十點半在河畔咖啡廳會合？」秦盼問。

我微微一沉吟，搖頭道：「不了，今天不見面。我有另一件事要做。」

秦盼倒是很善解人意，沒問我要去幹嘛。只是嗯了聲，略有些遺憾地掛斷了電話。

自己簡單洗漱了一下，走到一樓的餐廳。張姐正在打掃客廳，見到我就笑了：「小少爺，早飯準備好了。咦，你氣色不好。」

「最近感覺有些累，身體都被掏空了。」我心不在焉的回答後，看了看鐘。早晨九點二十八分。自己立刻站到了客廳的窗戶前，往外望去。

每一個輪迴的九點二十九分左右，回鍋肉都會對著窗外狂叫，彷彿越過窗戶看到了什麼可怕的東西。我無論怎麼設置監視器，都沒有辦法拍攝到狗狂叫的對象，到底是誰。

只拍到過一隻女性的纖細的大長腿。

一分鐘過後，回鍋肉準時地大吼大叫起來。我的眼睛一眨不眨地看著窗外。在那群跳完廣場舞買完菜的姥姥大爺們來來去去的人群中，自己的眼睛猛地一縮。

人群裡，我看到了一路往前走，一路舉著手機正看得津津有味的秦盼。

狗叫得更兇猛了。

秦盼沒有察覺到我在看她，她穿著紅色的短裙，露出了修長白皙充滿青春活力的美腿。難道我家的狗，每天都是在對著秦盼叫？畢竟如果她要想去河邊的話，從我家門口經過，確實是一條近路。

我皺著眉頭，仍舊覺得不太對勁兒。秦盼和我混了好幾個輪迴，她的大長腿我看過許多次。那雙美腿明明和我拍攝下來的腿不同。而且在最初幾次輪迴前，我拍攝過人群，也從沒見到過她的身影。

難道那條神秘美腿的主人，在跟蹤秦盼？兇手明明是個手上有古怪胎記的男性，並非女人。

我渾身一抖。

還是說，兇手並非只有一個人？而是，兩個？

極有可能。一個人跟蹤秦盼，隨時通報她的位置。而另一個男人就採取各種適合的方式，將秦盼在六月十五日殺掉。

今天，那個跟蹤著秦盼的女子在哪兒？

我的視線到處掃描著。身後花園裡的回鍋肉仍舊激烈的吼嘯不止。直到狗叫聲逐漸停歇，秦盼美好的身影越來越遠了，我仍舊沒有看到跟蹤她的那個女子身影。

就在自己失望的一剎那，有股毛骨悚然的感覺爬上了全身。那股如同被凶厲的視線盯住，彷彿快要被殺掉的可怕預感在我的心頭迴盪，我一動也不敢動，冷汗不斷地往下冒。

窗外婆婆大娘走來走去，自己完全不清楚視線的來源在哪兒。但我就是被那股不知從何處飛來的視線鎖定了，視線在我身上停留了片刻。它的主人顯然察覺到了我剛剛從窗戶後邊張望的眼神，帶有明顯的目的性。

那視線警告了我後，移開了。

自始至終，我都沒有從秦盼背後看到那個女人。但是透過那股致命的可怕視線，我確認了那女人的存在。果然那女人在跟蹤秦盼。那女人絕對是專業級的殺手，殺人如麻，光是眼神落在我身體上，就讓自己產生了快要死掉的生理反應。

這不是普通人做得到的。

兩個專業殺手，在春城獵捕並殺死秦盼。秦盼這女孩，難道真隱藏著某種我不知道，她也不打算告訴我的秘密？

那個跟蹤秦盼的女人，手裡肯定掌握著某種神秘的方法，能夠隱藏自己的身影，不被人看到，甚至不被監視器捕捉到。

我覺得很頭痛。如果在正常情況下，依靠楊俊飛偵探社的幾個傢伙，應該很輕易就能將那女人揪出來。可是從早上九點十三分醒來後，秦盼就處於隨時會被殺掉的狀態。自己根本等不到楊俊飛派人過來。

但是，我和秦盼還是有優勢的。我們能不斷地死亡，也能不斷地重生。我們的記憶還不會丟失。只要一點一滴的積累線索，哪怕是世界頂級的殺手，我也能將他們拽出來。讓他們陰溝裡翻船。

我轉身回餐廳吃了早餐後，出門了。

這一次我準備一早去韓國燒烤店，瞧瞧女廁所隔間裡，到底藏著什麼秘密。自己順著右側的道路往前走，就在快要到春城大學外的大街時，一陣喧鬧聲從遠至近波及了過來。

許多慌慌張張的人群尖叫著，朝我這兒跑。

「怎麼了？」我抓住一個學生模樣的男孩問。

「著火了。」男孩慌慌張張地說：「前邊的韓國燒烤店天然氣管線突然爆炸，將整層樓都燒了。天然氣也漏出來了，街上全都是臭味，很危險。據說一個火星，就能把整條大街炸掉。」

我眉頭一凝，怎麼這麼巧合？我剛想去韓國燒烤店找線索，那家店就爆炸了？難道是女殺手今天早晨感覺到了我的視線，覺得蹊蹺，所以乾脆將所有的線索都抹掉了？

瞇了瞇眼睛，我腦子裡有一個念頭在湧動。如果兇手是兩個人，女兇手在跟蹤秦盼，男兇手燒掉了韓國燒烤店。那麼，自己或許可以跑到一個地方，去證明一件事。

我沒敢浪費時間，在路上隨便招了一輛計程車。說了位置後，要他以最快的速度趕過去，只要時間夠快，我會發個一百塊錢的微信紅包給他。

計程車司機聽說有紅包可以拿，頓時來了精神，不斷超車闖沒有電子眼的紅燈。發揮出了百分之一千的技巧。

五公里左右，不過十幾分鐘就到了。這在經常塞車的春城道路上，完全是神技。我用手機付款後，腳步不停，跑進了老巷子中。

果然，我十四日晚上去過的那家戲樓，並沒有被燒掉！

本來只是一個模糊的想法罷了，真的被證實以後，我反而有些懵。由於來得早，現在才十點過一些。可是經過前幾次的證明，我清楚這家老戲樓每天早晨都會被燒掉，西樓中所有人都會死掉。

所以果然是殺掉秦盼的兇手幹的好事？那個手上有蟲子胎記的殺手，如果今天一大早跑去引爆韓國燒烤店的天然氣，現在本應該跑來燒老戲樓的。

甚至現在，他就在來的路上。留給我的時間不多了。

我在腦袋裡盤算著如果在這兒將他逮住的可能性。自己有一支偵探社配的手槍，嚇唬一下正常人還沒問題。但是以自己掉渣的射擊技巧，用來威懾甚至是擊中職業殺手，肯定屁用都沒有。

一日迴圈的時間，讓我沒辦法調動太多的資源。只能靠腦袋。

「算了，放棄逮住他的打算。還是看清楚他的樣子再說。」我知道殺手左手上有個蟲子般的胎記。既然他能用上萬種手法殺秦盼幾萬次，想必在國際上也赫赫有名。知道這條線索，我第一時間就打電話給楊俊飛，讓他幫我查。可惜，什麼也沒有查到。

那就沒辦法了，必須要看清楚他的臉，才能揪出他的真實身分來。

我走到老戲樓前，推了推大門。門緊鎖著。

自己繞到了戲樓的後邊，後門半掩，露出了門後方黑漆漆的通道。我左右看了看，不準備打草驚蛇，偷偷溜進了門中。

後門內的空間比較狹窄，通道通往兩個方向。一個是戲臺和準備室，另一個就是通往二樓的木樓梯。

自己探出頭儘量隱藏身形，從後臺往戲臺裡望去。戲臺上一個人也沒有。觀眾席也空蕩蕩的，板凳椅子重疊在桌子上，寂靜的黑，掩飾了一切。

明明是白天，觀眾席因為門窗關閉的原因，顯得陰森無比。彷彿一不小心，就會有鬼怪竄出來。

老建築的構造，總是弄得如此恐怖壓抑，都不知道古人怎麼想的。

我思索了一下，每次調查這老戲樓，都沒走進去過。無論我來多早，看到的都是一團火遮蓋住了所有的線索。留下的只剩殘骸和絕望。火燒起來後，不是老戲樓裡的工作人員以及老闆等，一共二十多人，全被燒死了嗎？

這麼多人在老戲館中，怎麼一盞燈沒開，一個人影都沒看到？太怪了。

事情，彷彿在朝著更壞的方向發展。我越想越覺得古怪，於是更加謹慎了。查了準備室，同樣沒發現任何人。

難道，人都在樓上？

我側著耳朵聽了聽。戲館是全木結構，樓板並不厚，如果樓上有人走動的話，理應是會發出「啪嗒啪嗒」的聲響。但，我什麼也沒聽到。

沉重的寂靜，壓抑著每一寸空間。

流淌在空氣裡的，全是一種說不清道不明的冰冷氣息。甚至，帶著死亡的沉重。

我心裡一緊，直覺告訴我應該快點離開。這裡肯定隱藏著可怕的危險。但是直覺被我壓抑住了，自己既然能無限迴圈今天，還怕個屁的死亡。頂多拚著死一次，就能抓住大把的線索。這，值得！

最重要的，我急迫地想知道，十四日我隨便買的那幅畫裡，究竟畫了什麼內容。

兇手之所以會殺光戲樓中所有的人，以現有的線索看，恐怕就跟那幅畫有關。

我屏住呼吸，手裡握著偵探社配發的槍，脫掉鞋。踩在了木質樓梯上。木樓梯沒發出聲音，很好。

我一步一步，儘量提著一口氣往上走。每一步都儘量壓住動作，柔軟的著地。這擁有上百年歷史的樓梯，承受住了考驗，承載著我不斷往上。

當踏上最後一階樓梯時，自己終於深吸一口氣。

二樓仍舊一片漆黑。我的心臟「砰砰」狂跳，無論經歷過多少次危險事件，恐怖的東西仍舊是恐怖的，只要冒險，就會讓人心跳加速。

人類，永遠都無法平靜的面對危險和死亡。只能假裝平靜罷了。

一樓的空間有多大，二樓就有同樣的面積。二樓被隔成許多隔間，上邊掛著牌子。從走廊盡頭的幾個玻璃窗戶外射來的光，勉強能照亮這個封閉的世界。

晦暗的戲館二樓，空氣裡散發著酸溜溜的黴臭味。我儘量隱藏身形，將身體躲在牆壁拖長的影子中。

「社長室」。樓梯口第一個房間是社長室。我回想了一下社長的模樣。十四日時我見過，這傢伙大約四十多歲，矮矮瘦瘦，尖下巴。最有特色的是下巴中央長了一顆很大的黑痣，黑痣上還長著幾根毛。

整個人看起來挺噁心的，不過口才很好。他充當戲樓的司儀，介紹節目、插科打諢，和推銷騙人的周邊及字畫。

社長室上掛了一把鏈子鎖，裡邊應該沒人。過了社長室就是財務室，同樣鎖著。接著是演員休息的地方，我推開了好幾間演員休息室，都看到裡邊擺了雙層床。看來戲樓所謂的演員和工作人員，都在這兒長住。演員休息室也變成了宿舍。

就在這時，二樓最裡邊的房間發出了一陣古怪的聲響。彷彿有什麼沉重的東西從半高的地方落在了地上，撞倒了一大堆重物。

我皺著眉頭，往最裡邊走，一直走到了發出聲音的房間前。

「會議室」。我看著房間上掛著的木牌。門合攏著，沒有鎖。我站在門前進也不是，不進也不是。剛剛的聲音會不會是陷阱？畢竟那沉重的掉落聲，實在是太巧了。

「進去，頂多死一次。老子剛好不怕死。」我一咬牙，將門推開。

隨著門「吱嘎」一聲響，會議室的景象全都落入了我的眼眸中。這間房算是老戲樓少有明亮寬敞的地方，大片大片的玻璃流洩著明亮的清晨陽光。

陽光下，二十幾個人被捆著，癱在地上。聽到門被打開，有人進來了，連忙用鼻子發出了嗚嗚的淒厲呼救聲。

我後退了兩步，臉色煞白。戲樓中被捆住的人，全淒慘無比。他們真的只能聽到聲音。這些人的眼皮和嘴巴不知道被誰用釘書機訂了起來。

冉冉太陽光下，銀色的訂釘反射著柔和的光芒，冰冷無比。所有人都在嗚嗚叫著，順著門打開的聲音，扭動捆成粽子的身軀，拚命想要朝我所在的方向蠕動過來。他們眼皮在訂釘下顫動，嘴巴流淌著鮮紅的血。

血流到地上，染紅了大片的地毯。

「兇手就在這裡，怎麼可能！他為什麼跑得比我還快？」我握緊了手裡的槍，背緊緊地靠在牆壁上。眼睛一眨不眨地警戒四周，只要稍微有一丁點風吹草動，自己就會開槍。

還好，走廊是個狹長的地帶，我又在走廊最盡頭，只需要守住左側和前方就行。哪怕自己槍技再差，近距離還是能擊中對方。

我再次屏住呼吸，不然吸氣和呼吸打擾自己的注意力。寂靜，再次回歸二樓，除了會議室裡那成片的嗚嗚聲外，就只剩下偶爾吹進來的，風的聲音。

不對！風？

窗戶都關閉著，哪裡來的風？

我看著窗簾在擺動，所有的窗簾都在擺動。心臟猛地跳動了好幾下。不對勁兒，太不對勁兒了。沒有風，明明沒有風，窗簾卻在動。

是空氣，空氣被擾亂了！

什麼在擾動這封閉空間的氣流？

火！

「你太奶奶的。老子忘了，兇手是會放火的。」我心裡大恨。自己果然落入了兇手的圈套中。在家的時候，那個女殺手察覺到我在注視她，出於小心，她炸掉了韓國餐廳。而男性兇手並沒有先對老戲樓下手。

他在，等我。

這就意味著，這兩個人，認識我！該死，為什麼他們會認識我？難道他們知道秦盼輪迴在十五日這一天？難道他們在秦盼輪迴的時候，也保持著記憶？

不，這絕對不可能。

那就只有一個真相。十四日那一天，兩個兇手就見過我。他們知道我有可能在十五日回到老戲樓，所以在前幾次輪迴時，男兇手都會將老戲樓燒乾淨毀滅證據。但是今天不同，女兇手察覺到了我的視線，以為我認出她了。

所以，她想要殺我滅口。有什麼是在木質建築裡一把火解決不掉的？如果解決不掉，就等那人爬到二樓，封死了樓底再點火！

想通了這一點，我拚命朝建築物的一樓跑去。也許同樣感受到了異常，會議室的二十多人嗚嗚聲更加強烈了。

果然，通往一樓的樓梯從中間被封死了。大量的桌椅板凳把一切縫隙填滿，我根本就翻不過去。而且想要清理出能鑽出去的空間，至少也要半個多小時。那個男殺手，是怎麼做到的？悄無聲息地搬了那麼多桌椅過來堵樓梯？

普通的正常人類，不可能做得到這種事！

我嘆息了一聲，看著一樓的火焰燃燒得越來越大。樓下被灑了燈油，戲樓中存放著用來表演皮金滾燈的燈油。燈油中肯定還摻了汽油，否則火不會擴散得如此迅速。

從窗戶跳下二樓！

我迅速下了另一個決定。一個房間一個房間地找過去，很快我就絕望了。出於老房子的防火考量，老戲院的玻璃窗都是後來加的。本來可以移動的雙層鋼化隔熱玻璃，被兇手焊死，推不動了。屋子裡可以用來砸碎玻璃的物件，也一個也沒剩下。

「完了，完了。」我回到了會議室，放棄了逃生。算了，總之死了之後也會重新在今天早晨醒來，還是先尋找線索比較重要。

自己走到社長跟前，將他嘴上的訂釘撬開。瘦矮社長痛得尖叫一聲，嘴唇不停抖動，叫著痛。

「別叫了。我有一些問題想問你。乖乖回答完我的問題，我就放你。」我在他腦袋上敲了敲，「是誰將你們綁住的？」

社長的聲音裡全是驚恐，不過他顯然不知道戲樓著火了，還以為自己有救了，非常配合，「兄弟，你是誰，是警察來救我們的？」

我含糊的嗯了一聲：「快回答我，誰綁住你們的？」

「我也不知道啊，兄弟。大哥。我就吃了頓早飯，大夥兒突然都暈了過去。」

「所以你也沒看到兇手？」我皺眉。

「沒有。」

「那下一個問題。」我問：「昨天下午五點五十分，你開始拍賣字畫。其中第五幅畫，被一個年輕人買去了。畫上到底是什麼內容？」

社長聽到這裡，覺得有些不對勁兒：「你，咦。你不是警察。你是昨天看戲花大價錢買畫的那個俊俏的年輕人。」

說到這兒，他頓時哭喪著臉，「對不住啊，大兄弟。我不是故意拿錯畫給你的。」

「你拿錯畫了？」我心裡一驚。

「對啊，你本來拍的是一幅百鳥朝鳳圖。但是我拿錯了。其中有一幅裝裱得很古怪的畫混了進來，本來是沒什麼的，那不是我們戲樓的東西。可是上邊也有一隻鳥，所以我就拿錯了。」社長呼天搶地，鬼知道當時他有沒有將錯就錯佔便宜的心態。

「畫上的，是一隻鳥？」我壓低眉頭：「什麼鳥？」

「就是一隻普普通通的鳥。站在一棵歪脖子樹上，不算長的紅色鳥嘴，尾巴上有長長的三根尾羽。」社長說。

聽到這裡，我心臟猛地一跳。這鳥聽起來怎麼那麼熟悉，越想越像是每天早晨我醒過來時，停留在我樓下花園歪脖子櫻桃樹上的那隻怪鳥。

同樣怪鳥模樣的東西，秦盼的寢室裡也有一個。是個外型醜陋作工粗糙的玩偶。

現在，那怪鳥第三次出現了。出現在我十四日買的畫中。

如果說沒有任何關聯的話，恐怕白癡都不會信。

那不知名的鳥，到底是什麼來頭。在秦盼以及我的一日輪迴中，扮演著怎樣的角色？我不得而知，卻也是必須要搞清楚的事情。

火，已經燒到了二樓。我跟戲樓裡的二十多人，時間已經不多了。二樓開始炙熱起來，看不見情況但是能感覺到溫度的社長大喊大叫道：「怎麼了，難道失火了？大兄弟，快打電話報警。」

「來不及了。」我搖搖頭，乾脆靠坐在地上等待死亡。總之，現在也沒辦法逃出去了。

一邊等著死亡的來臨，自己一邊冷靜地整理腦袋中的線索。就在這時，一股毛骨悚然的感覺，如電流般流過全身。

不好！自己一直以來都忽略了一件事情。我會輪迴在六月十五日這一天，都是因為秦盼死掉了。我，一次，都沒有死過。

是她死亡，所以時間才重置。我只是被動的重置在她的時間中，保留著全部記憶罷了。如果我在她的輪迴裡死掉了，會發生什麼？現實中，我會真的死掉，不再輪迴？還是，會如同秦盼一般，重置時間？

我一頭冷汗，不需要多想，這裡根本就不是老子的主場。如果我死了，八成真的會一了百了。重回今天早晨什麼的機率，微乎其微。

畢竟時間重置的根源以及按鈕，就是秦盼的死亡。我的死，不會對時間造成任何影響。甚至有可能，會真的死掉。

我是一個愛賭命的人。每一次賭命，我都有完全的把握自己會贏。可是這一次不行，我賭不起。

賭輸的可能性太大了。

我必須要逃出去！

自己瘋了似的在二樓尋找可以打破雙層鋼化玻璃的硬物，但是始終一無所獲。兇手做了完全的準備，任何可以求生的物品都被拿走了。

自己的生命，在倒數計時。火焰吞噬了二樓大部分的房間，眼看就要燒到走廊盡頭。我苦笑著，用手敲了敲腦袋。

死定了！

就在自己正準備絕望得認命的時候，一個硬硬的物體撞在了腦袋上。是我一直拽在手裡的槍。頓時，一股想要罵人的衝動，衝上了大腦。

老子一直在騎驢找驢，慣性思考害死人啊。兇手顯然並不知道我的事情，只是昨天偶然見過我接觸過我而已。老子有槍的事情，他可不知道。

我哈哈大笑著，在火焰撲來的最後一瞬間，開槍打破了鋼化玻璃，之後以迅雷不及掩耳的速度跳出了窗戶。

身體從二樓掉下，重重地撞在石板地上。

我全身都摔得痛苦不堪，身上的骨頭應該斷了好幾根。看著痛得翻滾的我，周圍圍觀的群眾連忙打電話叫救護車。

第二十六次輪迴，在醫院的病床上結束。我在灰敗的黑霧籠罩自己的眼眸之前，最後看了一眼時間。

下午六點十五分。

第二十七次輪迴開始，自己終於對現狀，有些把握了。

第十二章 怪鳥

從清醒過來的瞬間，我就從床上衝了出去。樓下傳來怪鳥的叫聲。對於這隻不知名的鳥，我的內心很複雜。秦盼之所以會停滯在六月十五日的原因，現在可以先不談。但是為什麼我會被她拉入時間漩渦中？

我跟她之間到底有什麼關聯？我們之前明明沒有任何交集，可是偏偏落入同樣的境地中。那就證明，我和她，肯定有什麼地方重合了。如同本來永不交接的兩條平行線，受到了某種引力吸引，最終完全，重疊在了一起。

但是到底是什麼，讓我們的人生交錯，是什麼造成了時間的引力扭曲的？那隻怪鳥身上，說不定就隱藏著答案。

在怪鳥的身後，遮蓋著深深的秘密。我在十四日買到的畫上，有這隻鳥。秦盼寢室裡不知誰送的玩偶，是這隻鳥。每天早晨九點十三分，輪迴一開始。那隻鳥就會在我家的歪脖子櫻桃樹上叫個不停。

有必要，把那隻鳥逮住。

我毫不停歇地以最快的速度衝進雜物間，拿了一個網魚的輕型手拋網又衝到了一樓的花園中。

土狗回鍋肉正對著歪脖子樹上的怪鳥狂叫個不停。我鬆了口氣，來得及，鳥還沒有逃跑。那隻怪鳥，鄙視地看著回鍋肉，慢悠悠地梳理著自己的尾羽。看了許多次怪鳥的表情，這一次我看得更加仔細。

越看越覺得，這鳥的表情非常人性化。挺有靈性的一隻鳥，不知道是野生的，還是馴養的。

我瞇了瞇眼睛，試圖從鳥身上看出蛛絲馬跡。這隻鳥的樣子雖然古怪，但是並沒有讓我看出所以然來。我仍舊看不出牠的品種，朱紅的喙在清晨的陽光中，顯得很刺眼。那嘴上的紅，似血殷殷。

我估算了距離，趁著牠鄙視回鍋肉的時候，以迅雷不及掩耳的速度扔出了手拋網。網在空中撒圓，籠罩在了不算高的櫻桃樹頂端。那隻怪鳥十分機靈，在網落下的瞬間就已經飛了起來。

牠飛到圍牆上，高高地用黃豆大小的兩隻黑眼珠子注視著我。小眼神裡竟然有一種戲謔的神情。

實在是太擬人了。這真的只是一隻鳥？

怪鳥在圍牆上踱著步子，竟然沒有飛走。牠不停地瞅著我，彷彿在用視線評估我的威脅。這隻鳥，果然又怪又醜。

我跟牠對視了半分鐘，之後想起了什麼似的，拿出手機對著牠拍。心裡，在數著秒。果不其然，就在我心中的倒數計時結束時，怪鳥突然驚恐起來。

每天的這個時候，彷彿都有什麼會飛來，追趕怪鳥。這一次也不例外。怪鳥急急忙忙地飛走了，速度極快。天邊一個不起眼、黑乎乎的影子緊跟在牠身後。我將一鳥一黑影全都拍下來，直到怪鳥消失不見。

將影片重播，把畫面放到最大。我總算看清了每次輪迴時，追著怪鳥的黑影到底是什麼。雖然畫面模糊，可我仍舊能分辨出來。

那是一隻遊隼。

中型猛禽，基本上全球各地都有。不過在春城早就已經滅絕。在國內屬於二級保護動物。

城市裡基本上不可能出現野生的遊隼，這隻想要抓怪鳥的遊隼，絕對是飼養的。至少我能在模糊的灰黑色畫面裡，略略看到遊隼的腳上反射著黃金色的光澤。那是腳環！

我心裡思緒流轉，總覺得有個想法在腦子裡閃爍，卻始終沒有抓到。

轉身回到餐廳吃早飯的時候，秦盼的電話來了。

「夜不語先生，今天碰面嗎？還是說你有其他的事要忙？」秦盼問。

我喝了一口豆漿：「十點半，老地方見面。」

「太好了！」女孩開心地道。

今天的風異常的清新，帶著河水的氣息拂過河畔的青柳，陽光照射在柳樹梢，流瀉下斑點似的光，美得一塌糊塗。

雖然我知道，今天和從前的二十六次輪迴沒什麼不同。就連風吹過的方向，都是不變的。不過我就是覺得輕鬆了許多。

謎底，在一點一點的解開了。再也不是一團迷霧了。

我和秦盼坐在河畔咖啡廳，女孩喝了一口飲料，腦子裡整理著我收集到的線索。

「也就是說，兇手有兩個。全都是職業殺手？」秦盼一邊說，一邊用調羹攪動杯子裡的液體。

我點頭。

「而你家裡出現的怪鳥，隱藏著你被我帶入輪迴的秘密？」秦盼思索著，又搖了搖頭：「不可能吧。我除了怪鳥公仔外，並沒有覺得和真正的怪鳥接觸過。」

「妳還是想不起送妳怪鳥玩偶的人是誰嗎？」我皺眉：「既然他能做出怪鳥玩偶送妳，就證明他肯定在哪裡看到過那隻鳥。甚至，他送你玩偶的目的也不怎麼單純。」

秦盼再次搖頭：「我確實記不起來了。」

我沒有再勉強她回憶。

「今天我要準備些東西，一個半小時後，我們再匯合。」我說道。

秦盼眼睛一亮：「難道你準備帶我去那家韓國燒烤店吃飯？」

這小妮子的直覺真靈。不過，我可遠遠不止想要吃那家餐廳那麼簡單。自己撇撇嘴：「妳大概還是吃不了的，而且會很耗費體力。所以在來之前先墊墊底吧。」

說著沉吟了片刻：「算了，改地方。春城大學附近的民房前有家叫露露酒店的，我們在那兒匯合。」

那裡很僻靜，人不算多。離韓國餐廳也不遠，地理位置非常好。很適合幹一些見不得人的勾當。

「你想幹嘛。」秦盼捂住自己豐滿的胸脯，臉頰紅得快滴出血：「我可不是隨便的人，什麼耗費體力的事情，我我……嗚嗚。」

我沒好氣地在她腦袋上敲了一下：「別耍寶了。」

女孩可愛地吐了吐舌頭：「我就是想緩和下氣氛，感覺你今天挺嚴肅的。」

「沒法不嚴肅啊。」我冷哼道：「今天，我準備把那一男一女兩個殺手，揪出來。」

秦盼吃了一驚：「這真的做得到嗎？」

「不試試怎麼行。死那麼多次，我早就憋了一肚子的火氣。是時候該回去了。記得，等我的時候低調點。」說完，自己便站起身，離開了咖啡廳。

只剩下秦盼一個人呆呆的，看著杯子裡轉動的液體，不知道在想些什麼。

對於秦盼，雖然一起經歷了許多次輪迴，比較熟悉了。但是，自己對她仍舊談不上信任。與其跟她說太多，不如直接將事情解決掉。如果女殺手真的一直跟在秦盼身旁，那麼在咖啡廳和女孩碰頭的事情，女殺手肯定也知道了。她會防範我。

這很好。我就是需要她防範，自己才能甩開膀子做接下來必須要做的事情——佈置陷阱。

今天，我就要打破這，無限迴圈的輪迴！

接下來的一個小時，我幹了許多事情。當自己揹著一個小挎包，精神抖擻地來到露露酒店門前時，秦盼已經到了。

女孩將長髮紮成馬尾，露出了白皙的脖子。她左手拿著幾根烤肉串，右手抓著兩瓶紅牛。一邊吃烤肉，一邊把紅牛半罐半罐往喉嚨裡灌。走過路過的年輕人以及中老年朋友們無不好奇，全都瞅著她看個不停。

「總之明天你們就不記得我了。」秦盼無所謂的小聲咕噥著，幾萬次的死亡迴圈，讓她的臉皮驚人的厚。要是這妮子真的恢復正常生活了，至少也會變成霸道女總裁一類的人才。

我看得一頭黑線，走上前用力敲了敲她的腦袋：「妳在幹嘛？」

「嗚嗚，又敲我頭。」女孩想用手捂頭，可是兩隻手都被佔用了。手剛舉起來，紅牛罐子就碰到了腦袋。痛得她眼淚都快掉了下來。

「在酒店門口喝紅牛吃烤肉，我都羞得要不敢出現了。」我沒好氣地說：「我不是叫妳要低調嗎？」

「我很低調啊。」秦盼嘟著嘴：「自己這不都乖乖地聽你吩咐了，墊一下底，等會兒好消耗體力。」

她說的話有些大聲，周圍看熱鬧的人尖著耳朵聽進去了，表情頓時變得十分豐富。好幾個老頭還暗暗「呸」了幾下，大喊人心不古，現在的年輕人太不知廉恥了。

我被附近的人用眼神鄙視得受不了了，拽著她連忙逃也似的離開了露露酒店。來到一側的巷子裡。

「兩個殺手，應該都在附近。一個在跟蹤妳，一個在設陷阱，殺妳的陷阱。」我低聲道。

「夜不語先生，你不是說要抓住他們嗎？該怎麼抓？」秦盼問。

「這個妳先不用管，按照我說的做。」我掏出一張手繪的地圖：「這上邊的路，妳都熟吧？」

「當然，別小看我。老娘可是在這條街上混了至少一百多年。俗稱街霸的就是我了。」女孩一挺自己翠綠小背心下高聳的胸脯，很驕傲。

我瞪了她一眼：「我看妳多活的一百歲，全跑嘴皮子上去了。」

說著自己在地圖上勾勒出一條痕跡，黑色的簽字筆歪歪扭扭，無比曲折。最終形成了一個迴圈：「記得住這條路線嗎？」

「等等，我記一下。」秦盼雖然貧嘴，不過她曾經也是學業頂尖。眼睛一眨不眨地看著我勾勒出來的路線，又閉上眼睛默默記了幾分鐘，這才點頭：「好了，差不多記住了。」

「我要的不是差不多，而是完全記住。」我讓她再次多記一會兒，確認後，這才放心：「三分鐘後，妳出這條巷子，之後以一秒鐘一步的速度，按照我的路線繞圈。直到我打電話給妳為止。」

「你要幹嘛？」秦盼沒搞懂我的意思。

我搖頭，沒說話。女孩頓時也明白了。自己之所以什麼都不告訴她，是害怕隔牆有耳。既然對手是兩個世界級的專業殺手，那麼監視和監聽是必然的。說不定現在兩人的一舉一動，一說一笑，都被那兩人牢牢掌握了。

可這條路線是什麼意思，秦盼無論如何看，都看不出任何古怪。她不再多問，三分鐘後，默默地在我注視下走出巷子，嚴格的按照路線往前走。

在她離開後，我伸了個懶腰，笑了一笑。

貓捉老鼠的遊戲，開始了！以前我和秦盼一直都扮演著老鼠的角色，一個小時後，我就會變成貓。將兩隻老鼠逮到！

我也行動了起來，打開手機，看了一眼螢幕。地圖上，一個紅點在閃爍著。這是自己偷偷粘在秦盼身上的跟蹤器。她不知道跟蹤器的存在。至於兩個殺手察覺到了沒有，我倒是無所謂。

自己需要即時的弄清楚秦盼的位置，方便佈置。

我根據女孩的方位，不斷調整自己的所在地。不停從挎包中掏出一些小東西安放在不同的地方。

我的大腦飛速運轉著，權衡著自己的計畫，尋找著計畫的漏洞，並補全。我一刻都不敢浪費，時間的任何一個縫隙，都被我完整利用。大腦運作得快要超過了負荷，我瞇著眼睛，眼神裡滿是痛苦。冷汗不停地流，我咬牙堅持。

自己大腦運算的速度越來越快，也越來越痛。

一個小時說長不長，但在眼下的危機中，確實非常的短。當自己的計畫全部實施完畢後，我終於停了下來。也顧不得瀟灑和風度了，一屁股坐在地上大口大口地喘著粗氣。從口袋裡掏出一瓶礦泉水一飲而盡。

然後，撥通秦盼的手機號碼。

「妳用最快的速度，趕到韓國燒烤店門口，和我匯合。」我說完，也不等她回答，立刻掛斷了電話。

伸了個無力的懶腰，我同樣也站起身來。一步一步，緩慢地向韓國餐廳走去。

屬於我和秦盼的表演，開始了。

□

秦盼接到夜不語的電話後，愣了愣神，沒反應過來。

「這就叫我去韓國燒烤店啊，喂喂，我還沒答應呢，還掛我電話。沒風度。哼。」秦盼嘟囔著，她很小聲，甚至有些心虛，怕被夜不語聽到。

「我要是中途死了，一定找你算帳。」女孩氣呼呼的，停住腳步，看了看自己所在的位置。

她繞著夜不語給的路線已經六七圈了，現在正在一條小巷子中。離韓國餐廳大約有九百多公尺。只有一條路。

很普通很尋常的路。

「有點小懷念呢。」女孩眼神幽幽，像是想起了極為久遠前的事情。整個春城的餐廳，只有這家韓國餐廳她沒有吃過。那時候自己瘋了似的認為韓國餐廳肯定有問題，事實證明，那家餐廳，確實有問題。

她嘗試了六千多次，在各種前往韓國燒烤店的路上死了六千多次後，這才徹底死心。

眼前這條路上，秦盼至少死過六七百次。

「死就死吧。」距離韓國燒烤店門前九百公尺，每一公尺，都步步驚心。秦盼抬頭，看向了不遠處一家叫做「可口格子鋪」的店。那家店大約有幾平方公尺，捲簾門二十四小時都不會關閉。格子鋪在許多年前很流行，遍地開花，之後就凋零了。最後只剩下大學城附近還看得見類似的店鋪。

記得在這路上第一次死掉，兇器就藏在格子鋪裡。格子鋪，殺掉了她七十多次。每一次，根據時間不同，格子鋪中的兇器，就會隱在不同的格子裡，殺她的方式也不盡相同。

例如第一次，她靠得近，所以最接近她的格子中，冒出了致命的毒氣。她聞了幾口就頭昏眼花，失去了意識。什麼時候死掉的也不清楚。

第十次，格子鋪發生了爆炸。

第七十三次，格子鋪流出了腐蝕性的酸液，滴落在固定招牌的鐵杆上。頭頂沉重的招牌不堪重荷最終落下來，活活將秦盼砸死。

生活果然是充滿了苟且。有時候秦盼自己都在心裡暗暗佩服殺手的想像力和行動力。能用上萬種方法殺掉自己，這到底是多強悍的人？

「不知不覺，我已經死過那麼多次了啊。老了，記性都不好了。」秦盼苦笑著，自己離格子鋪越來越近。

充滿殺機的格子鋪，是她第七十四次經過。上一次路過這裡被殺掉，換成正常時間，足足也過去了六十多年。

好漫長的歲月。她沒有老，仍舊那麼年輕，但是靈魂不知不覺間，早已經被刺破，傷得千瘡百孔。

近了，格子鋪已經離她只剩下了一兩公尺！

秦盼的靈魂在顫抖，她哪怕因為時間的流逝遺忘了太多，但是身體依然忠實地記得自己每一次死亡的痛苦。

她一咬牙，一閉眼，邁步向前。越過了自己和那致命的格子鋪的最後一公尺距離，她的倩影，穩穩地落在了格子鋪大門口。

孤獨的招牌遮擋著頭頂的烈日，將她隱藏在了陰影下方。

暗潮，開始湧動！死亡，在逐漸以某種方式，朝她靠近！

閉著眼睛的秦盼在靜靜等待奪取自己生命的意外發生，可是等了幾秒鐘後，什麼事情也沒有出現，她，還活著。

「咦，咦咦咦。我還活著？」秦盼睜開眼睛，伸手在自己的臉上扯了扯：「好痛！」

她有些驚奇，雖然死亡的方式每次都略微有差別。但是死了那麼多次了，秦盼依稀也知道了一些規律。按照她的路線，她今天本應該在格子鋪這一關死定了的。

可是，她並沒有死。

不，不對！她確實會死，但是兇手的機關出現了意外。

格子鋪正面最中央的一個格子裡突然響起了破空聲，好幾根反射著陽光的尖銳物體射了出來，眼看就要打在了女孩眉尖。秦盼的眼眸閃動，避無可避。就在這時，一張厚木板從招牌後方掉下，巧之又巧地擋在了女孩和銳物之間。鋒利物體刺破木板，隨著板子掉在了地上。

秦盼額頭上流下了幾滴冷汗。她定睛一看，木板上赫然有五根長釘。兇手將改裝後的訂釘槍藏在了格子中，如果沒有那張突然掉落的木板，她現在已經成了死人。

秦盼躲過了一劫。

可這，真的只是巧合？

女孩有些困惑起來。

第十三章 死亡九百公尺

人總有許多東西，明明很重要，卻從來不在乎。老話說失去了才知道珍惜，或許人的劣根性，就是如此。到手的東西，無論多珍貴，也就不在意了。

又如一個現代生活裡整天都用不上半次的表情、一個我們習以為常的事物、一顰一笑、一言一行。甚至根本就沒有人會察覺到的、不斷流失的時間，也可能正有什麼人在拚命取回。

秦盼在前幾十年的一日迴圈中，還在拚命掙扎，想要奪回正常的人生，希望時間的流速變得正常，不會再像堰塞湖般堵住不動彈。

後幾十年絕望了，淡然了。

一百年過後，徹底開始無奈地享受起日復一日的六月十五日，試圖將這變成她的人生。可，這不過是自欺欺人罷了。

一成不變對她而言，其實比死亡更可怕。所以當她上百年的重複人生第一次出現了轉變，本應該殺死她的死地，被一張意外掉下的木板擋住後，那震驚感蕩漾了她古井無波的內心。

她腦袋有些亂，甚至腳步都不知道該怎麼邁了。

離韓國燒烤店，還有八百五十公尺！

秦盼的心臟在怦怦跳個不停，她小心翼翼地往前走。她甚至覺得，今天往臉上吹的風，都和數百年中不變的風向不同。

再往前五十公尺，有一家精品服裝店。不大，二十幾平方公尺。在那兒，秦盼也死了幾十次。這條巷子路不寬，十幾公尺罷了。由於位置很偏僻，所以來往的行人不多。最近臨近畢業季，再加上老校區就要拆遷了，走動的路人就更少了。

精品店的生意很差，掛著一個紙牌，上邊寫著「跳樓大拍賣，僅剩三天，三天後絕對搬走。」

三天後店老闆到底會不會真的搬走，秦盼不知道。畢竟她從來沒有脫離過十五日這一天，在她的時間表中，老闆已經足足開店上百年了。

店中的危險一樣不比格子鋪裡少。

女孩越過五十公尺的距離，來到了精品店前。深吸一口氣，往前連著走了好幾步。就在她快要越過店門口時，頭頂的霓虹燈整個掉了下來。秦盼嚇了一大跳，想要往左側跳開的時候已經來不及了。

碩大的霓虹燈帶著巨大的重量墜落，一旦砸中她，女孩絕對會變成肉餅。秦盼在死前一刻腦袋木然地想著，曾經在第六十次路過精品店前時，這霓虹燈也掉下來過。兇手的手段，開始乏味了，不新鮮了。難道是江郎才盡？

霓虹燈發出轟隆的巨響，最終沒有砸中她。緊鄰的隔壁店鋪上方的招牌也掉了下來，狠狠地將霓虹燈擠了一下，將本應該砸向她的霓虹燈擠開了。兩個重物落到地上，十分巧合地變成了拱形，將傻呆呆站著的秦盼容納在拱形位置的最中央。

秦盼傻住了。

這是怎麼回事？第一次如果是巧合，那麼第二次算什麼？明明兩次人為的意外，她任何一次都躲不開的。但是偏偏有外力干涉進來，救了她。

如果現在她還沒有察覺到其中的問題，那秦盼簡直就是白活了。女孩翻了翻白眼，打電話給夜不語：「喂，你究竟幹了什麼？」

電話對面的夜不語沉默了片刻，沒有回答她，反而說：「妳的速度太慢了。如果還想活著走進韓國燒烤店的話，最好在十五分鐘以內到。」

「妳還有八百公尺。」

「用走的，時間不多了。」

人走路的極限速度，大約一小時五公里。一分鐘走八十三公尺，一秒鐘接近一公尺四十公分。八百公尺以自己的腳程，最多十分鐘就夠了，如果用跑的可以更快。但是夜不語的話中有話。他說「用走的，時間不多了」，意思就是，必須要走，不能跑。

十五分鐘走十分鐘就夠了的路，意思就是，前路恐怕還有波折，不會平靜。所以，自己接連兩次都沒有死掉，果然是他搞的鬼？

他，到底是怎麼做到的？

秦盼感覺很神奇，夜不語是如何預判兇手的殺人手法，還暗中佈置了機關來反制？他要自己繞著固定的路線走一個小時，難道就是在準備這一切嗎？

夜不語，或許比她想像的更加厲害。

女孩還想說什麼，卻被夜不語毫不猶豫地掛了電話，弄得她心裡吊在半空中，喉嚨中湧上了許許多多淑女不該說的髒話。

「算了，等進了韓國餐廳再找這混蛋算總帳。」秦盼聳聳肩，繼續往前走。

還剩，七百四十五公尺！

前方幾十公尺處是第三個關卡，這是附近一帶最高的民房，大約有十一樓。每一次自己沒有在精品店和格子鋪死掉，都會在這裡受到一萬公斤的暴擊。

這句話完全真實，沒有任何浮誇的地方。在六月十五日這天，會有一個女人，老女人，從樓頂自殺。最詭異的是，只要自己不經過這裡，老女人就只會在上午十一點五十分左右跌落在地上，摔得稀巴爛。

可是每當自己試圖穿過這兒時，老女人的死亡時間就會適當的推遲和提早。秦盼看了看自己的手機，接近十二點了。周圍沒有圍觀以及幸災樂禍的人，證明老女人還沒有跳樓。

秦盼吞下了一口口水，她很緊張。老女人跳樓，只要在這棟樓的陰影範圍內，每一次都會砸死她。路只有一條，沒辦法繞。她也不可能等太久。畢竟夜不語要她在十五分鐘內趕到餐廳門口。

但老女人自殺本就是隨機事件，並不屬於兇手的陷阱。夜不語不可能預見到這一點，也不可能提前佈置。

「算了，死就死吧。」女孩一邊抬頭注意頭頂不知會什麼時候跳樓的女人，一邊往前走。

等她完全離開那棟樓的範圍後，老女人依然沒有跳下來砸向她。太怪了，秦盼極為驚訝，夜不語怎麼知道這一點？她可是什麼都沒跟他說過！

他，到底是怎麼做到的？

秦盼下意識地慢下了腳步，一步一步地往前走，一走一回頭。可是當她快要走到第四個死亡關卡前時，那個老女人始終沒有自殺的跡象。

十一層的樓頂寂寥，彷彿死掉了般，充滿了詭異。

夜不語應該已經到達韓國燒烤店門口在等待著她，前路漫漫，曲折危險。秦盼此刻充滿了信心，重複一日人生三萬次以上的她，第一次如此有信心。

她充盈著激蕩的心情，挺著胸膛，越過了一家早點店。平日在這家店前，她會因為早點店的熱油突然傾倒，噴濺她一身。那種嚴重燙傷的死亡痛苦極為殘忍，秦盼哪怕只試過幾次，也害怕了。

她怕那痛不欲生的疼，每次被熱油燙傷後她都會被送到醫院。每一次，她都可以活到接近晚上十點半，才嚥氣。那活活疼痛到靈魂都殘破的記憶，令她渾身都在發抖。

但這一次，她完全不怕了。

果不其然，熱油照例從油鍋裡倒了出來，大量的沸騰煎炸用油飛起，鋪天蓋地地朝她濺射。

秦盼驕傲的挺立，她的眼睛一眨不眨地看著熱油撲過來，毫無懼色。她倒要用自己的這雙眼睛看清楚，夜不語佈置了怎樣的機關救她。

她果然又被救了。

這一次救她的方式極有想像力。就在熱油快要碰到秦盼時，不遠處本來用來擋住機動車通行的半公尺高圓形石墩突然滾動起來，沉重的石墩撞擊在附近一家貼著祖傳貼膜的手機貼膜車上。

沒有拉起手煞車的貼膜車在主人的驚呼下往下坡滑行。一百八十公分高的車滑行了三公尺左右，剛好橫在秦盼與早點店之間。熱油全噴灑在貼膜車上，巨大的熱量讓貼膜車頓時燃燒起來，臭味難聞。

不過女孩一滴油，都沒有濺到。

秦盼目瞪口呆。這，這也太帥了。她簡直有一種想要以身相許給夜不語的衝動了。

女孩完全不清楚那看起來總是有些疲憊的男子如何在短短一個小時內，準備了如此縝密的佈置。

但是無所謂了，這一次，她肯定能在一百多年的輪迴中，第一次踏入那家韓國燒烤店。

女孩的信心越來越足。

第五關，第六關，第七關。秦盼依稀感覺自己變成了某款遊戲裡的人物，當初令自己死過數百次的絕望之地，變成了關卡。她因為夜不語的原因打開了金手指，本來絕對能秒殺自己的關卡，被金手指氣球似的戳破。

她有驚無險的一直往前走，七百公尺的距離，在變短。她與那個男子的長度，在一點一點的接近。

此刻的她，再也無暇想什麼燒烤店。她眼神恍惚，不知在思索什麼。她的腳步堅定，在這致死的彷彿綻放著過關煙花的偏僻街道上，一直往前走。潛伏著想要殺掉她的兇手慌亂了，他們的機關越來越重複，越來越簡單。顯然是一個機關沒殺掉她，只能手忙腳亂的佈置下一個。

但是無論他們如何佈置機關，致命的獠牙都總能被夜不語預判到，提前佈置好應對的方法。秦盼只需要一個勁兒地往前走，任那暴風驟雨狂飆不止，任其顛覆生命的號角靠近。卻沒有任何一個危險，真的靠得近女孩半步。

女孩就這樣緩慢地邁動腳步，悠然自得。

女孩的翠綠色長裙在陽光下閃爍著清新的光澤，裙角搖擺，長髮飄蕩。女孩走著，笑著，似乎在開心。可眼角卻不知不覺流下了幾滴淚水。

此刻的她，究竟在想什麼，沒人知道。她在哭什麼，沒人清楚。

她就只是一步步的走。

五百公尺。

三百公尺。

一百公尺。

死亡的關卡越來越頻繁，這條街上曾經殺了她七百多次的機關在重演。但是她至今都還活著。

在走過一個拐角，女孩看到了數百年的輪迴裡自己朝思暮想都想進去的韓國燒烤店。但是她已經不在乎了。她的視線裡只剩下站在店外的那個男生的身影。

女孩第一眼看到男孩的時候，男孩正在看她。秦盼突然有些害羞，她羞紅了臉，巧笑倩兮。那一秒鐘，她開始想，她與他第十個孩子的名字。

女孩是寂寞的，在這個擁有兩千萬人的城市裡，她走在人群中，寂寞無比。

寂寞像一個漩渦，拉著人下沉，寂寞的人一旦遇到像是稻草的東西，就會死死抓住，覺得自己真的找到了一種自己認可的拯救。

女孩在對著男孩笑，猶如孤鸞在雲煙霧繞中。淡雅的笑容，盈盈冉冉。

男孩也笑了，疲憊的臉上那笑容，很溫暖。

最後三十公尺。

秦盼覺得自己用盡了生命的力氣在往前走。頭上方，一根裸露的電線垂了下來，剛想要將女孩的脖子勒住。

不遠處的男生沒有動，只是笑嘻嘻地看著她。那根致命的電線就被一股無形的風吹走了，偏離了女孩白皙的頸項。

最後二十公尺。

秦盼身旁的店鋪發生了爆炸，可是爆炸的威力很小，顯然是天然氣提早被人掐斷了。只剩下餘氣爆開，產生了一股撲面的微風。這讓走得有些熱的秦盼，反而更加精神了。

最後十公尺！

也許是兇手沒招了，放棄了。最後十公尺，什麼事情都沒有發生。秦盼開心地和夜不語走到了一起，他們肩並肩，站在韓國燒烤店門前。

這是秦盼數百年來，靠這家燒烤店如此的近。

「來了？」夜不語問她。

秦盼「嗯」了一聲，笑靨如花。本來她想了很久，她絕對要在見到夜不語後，就第一時間問他如何佈置了那麼多機關，如何保護著她走過了那兇險的九百公尺。

但是這一刻，她什麼都不想問了。她只想走進去，和他好好地吃完這餐飯，不再去管明天會不會來臨。甚至不去想，美好的今天，會在什麼時候結束。

她和夜不語走入了韓國燒烤店裡。

這家店夜不語進來過一次，所以熟門熟路地來到二樓，坐在了上一次坐的窗戶邊上。秦盼偷偷瞥著夜不語思索著什麼的臉，趁他沒注意，偷偷點了情侶套餐。做賊似的偷笑著。

看慣了白馬王子童話的女孩，曾經都有一個公主的夢。特別是沉溺在痛苦中的時候，女孩們希望會有騎著白馬的白馬王子，或是踩著七彩雲朵的英雄來拯救她。

所以吃貨秦盼，嗤嗤地看著夜不語，偷笑著。

「妳在笑什麼？」看著窗外的夜不語偶然見到了她的笑，奇怪地問。

「嗯，沒什麼。」秦盼仍舊在笑：「就是覺得你今天特別好看。」

「再好看也沒妳好看。」夜不語撇撇嘴，開始小聲的分配起任務：「等一下菜上來，隨便吃些。然後我們就潛入女生廁所裡。努力今天一次就把廁所隔間裡的秘密挖出來。」

秦盼可不傻，她也有她的疑惑：「上次你都來過了，這次你為什麼不也自己來？幹嘛要費那麼大的力氣讓我跟你一起去？」

「沒妳不行。我猜隔間裡的秘密，只有妳自己來，才能觸摸得到。」夜不語沉吟片刻：「否則我不論一個人來多少次，在我就要看清隔間中的東西時，妳都會被提前殺死。我無論如何，恐怕都看不到裡邊到底隱藏了什麼。」

秦盼沒說話了，她樂呵呵地看著燒烤套餐上來，把剛剛夜不語的吩咐立刻丟在了腦後。她將五花肉和牛肉塗好油放在烤盤上，激動地看著肉在烤盤上捲曲，散發出宜人的肉香。

「好香。」秦盼迫不及待的塞了一坨五花肉到嘴裡，咀嚼著，依然笑著。好久，才說了這麼一句：「味道，也就一般嘛。」

期待了上百年，接近四萬次輪迴的燒烤。吃進嘴裡，激動立刻沒有了。期待越大，失望越大。大腦總是會對沒有接觸過的東西進行美好的腦補。說實話，秦盼對味道有些失望。不過來都來了，先大吃特吃才不會吃虧。下一次還不知道幾百年後才來得了呢！

「別吃了，走。」夜不語見秦盼皺著眉頭吃個不停，不耐煩起來。

「我就再吃完這一口。」女孩被他拖著，還不忘將碗裡的牛肉和蔬菜扒拉到嘴中，兩個腮幫子鼓脹鼓脹的，活像隻好看的倉鼠。

兩個殺手今天受挫了無數次，大概是真的準備放棄了。秦盼和夜不語走到洗手間的途中，儘管小心翼翼，但是仍舊無驚無險。

他們見四下無人看向這兒，連忙擠入女廁。反鎖門後，將最重要隔間的垃圾桶移開，踩下隱藏的金屬凸起。

神秘的第四個隔間出現了。

門上，仍舊還貼著那行字，「晚上九點十三分到早上九點十三分之間，此門必須關閉，絕不能打開。否則後果自負！」

當看到那行字的時候，本來笑咪咪，覺得探險很有趣的秦盼，整個人都顫抖不已。她的臉色大變。

「妳認識寫字的人？」夜不語察覺到了她的異常。

「何止認識。」女孩的聲音也在抖：「這行字，分明就是我的筆跡。是我，寫的！」

「所以，妳以前其實在這家韓國燒烤店打過工？」夜不語詫異道。

女孩回憶了片刻，緩緩搖頭：「絕對沒有。而且我的記憶裡，完全沒有這方面的東西。」

夜不語皺著眉頭，總覺得隨著知道的越多，謎團籠罩的陰影，卻更加濃了。這個隔間的門口，到底隱藏著啥？背後的秘密，和秦盼的無止境的一日輪迴有關嗎？

他和秦盼，真的能在門後找到打破時間迴圈的線索嗎？

一時間，他反而遲疑了。他有些害怕，如果門背後的東西並不能讓他逃出這該死的六月十五日怎麼辦？

他還能想到什麼方法？

遲疑歸遲疑，夜不語沒有停下自己的動作。他伸出手，皮膚接觸到了冰冷的門把。用力一扯，咯吱一聲，門拉開了。

隨著光線進入，隔間後隱藏的景色展露在眼前。他看到了一道尖銳的光瞬間閃過，在夜不語來不及看背後到底有什麼之前，以極快的速度向他射來。

刺中了夜不語的心口。

夜不語下意識地往下看，雪白的T恤上，梅花般的血跡正在心口飛快地擴散。他抬頭，一把改裝過的弓弩正在隔間裡，他正對面的位置。弓弩機關設計成了只要開門，就會延遲半秒鐘射出鋒利的鋼釬。

秦盼也明白發生了什麼，她尖叫了一聲，看著夜不語倒在地上。

「不要，不要！」女孩撕心裂肺地吼著，將軟軟捂著心口的他抱住，什麼也顧不上了。她水汪汪的大眼睛在充血，她整個人抖得非常厲害。

「看來，這一次輪到我死了。」夜不語苦笑著，他沒怎麼感覺到痛。死亡，似乎也沒什麼可怕的。

秦盼用力搖頭，眼淚流個不停。

夜不語嘗試著想要笑：「沒關係，總之我死了也無所謂。等妳今天的生命結束後，我反正會活過來。」

「不是這樣的，不是這樣的。」女孩咬著嘴唇，不知為何，她痛苦難受得有些異常：「我不要你死，我明明是愛你的。我愛你，你知不知道。我不要你死！」

夜不語真的笑了，「別傻了，妳才跟我混了多少天，怎麼可能愛上我。妳愛上的不過是吊橋效應罷了。」

「別總是說什麼該死的吊橋效應了。你總是說處在驚險刺激場景中的人，容易贏得異性的青睞。」秦盼一邊哭，一邊想要在夜不語身上捶兩下，可是眼看著臉色蒼白的他，拳頭最終停留在了空中。

她心裡一緊，明白自己又說錯了話。

果然，聽到她話的夜不語，神色緊張，瞪大了眼。一把拽住了她的手：「我從來沒有跟妳說過吊橋效應。」

「我以前看的一本書上寫過。」秦盼慌忙解釋。

夜不語嘆了口氣，鬆開了握住她的手：「幾次了？」

「啥？」

「別裝傻，我死了多少次了？」

秦盼收攏眼淚，將宣洩的感情微微收斂了些許：「大約，一萬次了吧。」

「所以說從妳一開始迴圈在六月十五日這一天的時候，我也隨著妳一起陷入迴圈裡？」夜不語無力地躺在廁所地板上，哈哈大笑，笑中全是苦：「所以我輪迴的不是什麼二十七次，只因為我記得的是二十七次罷了。我在這該死的六月十五日，和妳一樣，待了他奶奶的至少三萬天了？」

秦盼點頭：「你死後，就會忘記我，忘記一切。」

「那妳為什麼不來找我？」夜不語問。

「找你有什麼用，你仍舊會死。留下我一個人孤孤單單地保留著完整的記憶。」女孩哭著叫著，歇斯底里。

夜不語沒說話，他的意識在離開他，他的生命在流失。他不甘心，他想要看清楚隔間裡到底有什麼。

他如願了。當看清隔間裡放著的東西時，夜不語猛地迴光返照，從地上坐了起來。他指著裡邊的某一樣東西，震驚無比。

「這東西，怎麼會在這兒？」他喃喃自語，再一次突然抓住了女孩白皙的手腕：「我在這個隔間打開後，死過多少次？」

秦盼一愣：「這是第一次。也是我第一次成功走入韓國燒烤店。從前，我們都失敗了。」

夜不語激動了，他死死地看著秦盼，手抓得她生痛：「我死後，妳恐怕也活不久。哪怕我失去了記憶，妳也一定要來找我。一定要。告訴我等一會兒，自己將要告訴妳的那句話。」

他用盡最後一絲力氣，湊到秦盼耳邊，將那句話小聲地說了出來。

「記住，死都要將這句話給記在腦子裡，千萬不能忘記。等到下一個輪迴開始時，告訴我這句話。千萬記得！」

夜不語困難地呼吸著，斷斷續續地將話叮囑完，嗝屁了。

就在他死掉的一瞬間，燒烤店下方傳來了尖叫聲。有人大喊「著火了」。是殺了秦盼無數次的兇手，再次向她下毒手。

秦盼抹乾眼淚，咬著牙，一動也不動。她靜靜地摸著逝去的夜不語的身體，感受著他逐漸冰冷的臉。

她要記得那句話，她牢牢地記著，彷彿想要將那句話記入靈魂中。

火焰從一樓舔舐上來，衝破了洗手間的防火門。將她和他的身影吞掉。火焰中，只殘留著一個長髮窈窕的女子，抱著一具屍體，正襟危坐的痕跡。

自始至終，無論火燒得多烈，燒得她多痛，秦盼都沒有哼一聲。她的靈魂早已經千瘡百孔，肉體究竟會受到怎樣的傷害，已經無所謂了。

她感覺，自己的精神已經隨著夜不語的死亡，死去了……

六月十五日中午十二點四十五分，秦盼的時間開始重置。

六月十五日早晨十點整，一個長髮飄飄，穿著翠綠長裙的女孩。站在一棟樓前，按下了門鈴！

尾聲

六月十六日早晨九點十三分，我睜開了眼睛。

牆上，時鐘正行走著畫著日復一日的圓圈，發出「呯噠呯噠」的輕微響聲。我伸了個懶腰，從床上坐了起來。

窗外傳來了一陣土狗回鍋肉的狂嘯聲。我心裡一抖，連忙走到落地窗前，扯開了窗簾。狗正對著樓下花園角落裡那棵歪脖子櫻桃樹叫個不停。

櫻桃樹的頂端，停著一隻紅嘴的鳥。鳥悠閒地梳理著尾羽，我看清那隻鳥的模樣後，頓時懸著的心放了下來，鬆了一口氣。

那隻鳥我認識，是紅嘴相思鳥。雖然最近在春城很難見到牠們的身影了，但總歸是常見鳥的一種。

我伸了個懶腰，簡單地洗漱後下了樓。

張姐正在拖廁所的地板，見到我就嚷嚷道：「小少爺，你起床了？餐桌上有做好的早飯。」

我在餐桌上坐下，看著早餐。一碗稀飯，兩個包子，還有一小碟泡菜。不豐盛，但是看起來讓人很有食慾。在那個該死的六月十五日輪迴裡，鬼知道我究竟是如何吃下那麼多次同樣的豆漿油條早餐的。

儘管我喜歡吃豆漿油條，可再喜歡的食物，吃多了也膩了。

我喝了一口稀飯，拿過手機，特地打開日曆。看著那行大大的日期——六月十六日，我越看越開心。

時間，終於在開始流逝，恢復正常了。

鬼才知道，我到底經歷了多可怕的事件。

只有經歷過無限重複的一天的鬼日子，才會明白等待老去，回歸日常，是真正的幸福。

不過，我和秦盼終究還是從那地獄似的生活中逃出來了。

九十個輪迴前，秦盼找到了我。自己應該是失去了記憶，所以她敲門指名道姓要和我見面的時候，張姐差點以為她是我女友。

熱情地將女孩引進門，秦盼元元本本地把自己的故事講了一遍給我聽。剛開始，我還以為她在開玩笑，但是當她把那句話說出來的時候，我的臉色頓時慘白。

「還記得倪念蝶家裡的那幅畫嗎？」

女孩的話音剛落，我兇狠地一把拽住了她的胳膊。女孩吃痛，卻沒有表露出一絲不滿。

「妳是從哪知道這件事的？」我一眨不眨地看著她，想要從她的臉上看出任何一絲漏洞。

可惜，秦盼只是柔柔地看著我，默默地承受著我將她的胳膊抓出血痕的痛。她的眼神裡，彷彿在訴說著什麼。

「它沒有被你撕毀，出現在了春城大學前韓國燒烤店的女廁中。這是你臨死前，要我發誓必須要告訴你的話。」秦盼輕聲道。

我訕訕地鬆開手。

倪念蝶的事件，我還記得。她是一個有著悲劇性遭遇的女孩，但是引發她悲劇的元兇，那幅古畫明明就已經被我撕毀了。為什麼我會告訴秦盼，要她轉告我，那幅畫還存在呢？

難道當初自己並沒有真的將畫毀掉？

我有些想不通。

既然想不通，我就跟著秦盼走了。自己花了十九個輪迴的時間，才帶著秦盼再次進入了韓國燒烤店女廁所的第四個隔間。順利破解機關後，看清楚了裡邊的東西。

果然，那幅畫在裡邊。我稍稍調查了一下，整件事情的面貌，就躍然出現在腦海中。那幅本應該被我毀掉的古畫，在六月十四日時，在老戲樓讓人刻意掉包後，被我買了回去。但是和朋友喝酒時，自己暈暈的，畫掉了。

掉了的畫被偶然路過的秦盼撿走。

在倪念蝶的事件中，這幅據說是唐代名人的畫，原本是用毛筆粗狂地畫著一條鄉間小路，看起來很有神韻，像是能將人吸引進去似的。但是我在隔間裡找到的畫卻變了，鄉間小路還在，不過多了一隻紅嘴長尾的小鳥。

這隻該死的紅嘴小鳥究竟是什麼東西，他奶奶的我到現在都沒搞清楚。畫的最下角，被人用筆寫了一行字，九點十三分。

九點十三分，是秦盼和我每一個輪迴醒來的日子。這個數字到底代表了什麼？那幅畫，為什麼會有人特意掉包讓我拿回去？還有那一男一女兩個殺手是怎麼回事？他們的目標，是不是持有那幅畫的人？

這幅古畫本就擁有一股超自然的力量，它可以將死掉的倪念蝶的時間重置，讓她整個人都處於不死不活的狀態。那麼，它能夠重置秦盼的時間，也不算多麼奇怪了。

還有，最重要的是，兩個殺手將畫從秦盼手裡偷走後，為什麼將其藏在韓國燒烤店的隔間中，還要設下重重陷阱，阻止女孩靠近餐廳？

我只感覺，一陣陰霾籠罩了我。有什麼陰謀，正在朝我襲來。原本設下陷阱，想要坑的人是我。可是無意間撿到了畫的秦盼，卻為我承受了。

這個無辜的女孩，生活在迴圈中，存在了上百年。這讓我很自責。同時讓我有一種山雨欲來風滿樓的預感。恐怕，真的要出大事了！

畫重新回到了我手裡，被我想辦法封印起來。六月十五日的迴圈終於打破了，秦盼的人生，開始往前走。

十六日的早晨，有雨，小雨。

我吃了早飯走出了門，穿過門前的小巷，下意識地朝春城大學走去。沒走多遠，在一個拐角處，我看到了那個熟悉的倩影。

女孩察覺到了眼神，她第一眼看到我的時候，我正在看她。女孩不知為何羞紅了臉，巧笑倩兮。

女孩在對著我笑，猶如孤鸞在雲煙霧繞中。淡雅的笑容，盈盈冉冉。

兩個人朝對方走去。然後擦肩而過。女孩跟自己身旁的好友說說笑笑，離我遠了，突然又回過頭來，眼神裡露出一絲懷念。

「怎麼了，盼盼？」她的好友問她：「妳回頭幹嘛？」

「沒什麼。就覺得那個人笑得挺好看的。好熟悉。」秦盼錯開視線，嘆了口氣：「玖，以後我的老公，會不會和他很像？」

「思春了思春了，盼盼看到男人就發情了。」好友調笑著，她們越走越遠，最終消失在了拐角的盡頭。

我微微一笑。迴圈打破，秦盼沒有了昨日的記憶，這或許是好事吧。保留著上百年的痛苦回憶，可不是什麼美好的事情。

我享受著小雨，突然，手機響起。來電的是沈科。

「小夜，你還在春城嗎？」兒時好友沈科急迫地問。

我從他的語氣裡，嗅出了不祥：「怎麼了？對了，你不是要我告訴你八點烏拉圭對埃及球賽的輸贏嗎？」

自己一拍腦袋，覺得我的大腦也被最近的事情弄秀逗了。十五日晚上的球賽輸贏結果，對現在的人來說，根本就沒有意義了。畢竟，現在已經是十六日的早晨。該知道的人都知道了。

「球賽什麼的，無所謂，我根本就沒心情看。」沈科深吸了一口氣：「小夜，我家裡出了些問題。救救我們！」

「等等，你慢點說。」我皺著眉。

山雨欲來風滿樓，我心中不祥的預感，更加強烈了！

後記

最近太熱了，熱到開了冷氣，還感覺不到涼意。配合著上個月的絕世大雨帶來的還未過去的高濕度，讓人有一種隨時都在桑拿房的錯覺。

我最近在減肥，因為 BMI 23 了，雖然算不得胖。但是因為這太熱太熱的天氣，我覺得哪怕身上還有一絲贅肉，都會帶來生不如死的燥熱感。

有人說最近的氣候太過異常，老天爺幫大地裝了空調。結果把入風口放在了貴州，出風口落在了重慶，而成都成了空調的排水口。

喂喂，這是真的吧！成都真的變成了空調又濕又熱的排水口了吧！

算了，不想談這糟糕透頂的天氣。還是來聊聊這本書的創意吧。其實一直以來，自己就想寫一本關於無限迴圈著的人生的故事。

在一日迴圈裡，那個人不會老不會死，過著一日重複一日的生活。這樣算不算變相的永生呢？在這如同落入克萊因瓶中螞蟻般人生的人，會不會感覺到幸福？

在我寫書的過程中，將自己帶入書中主人公的角色裡。突然，我只感覺背脊發涼，一股一股的寒意往上冒。

我意識到，自己絕對是不想過這樣的生活的。

人之所以為人，是因為人是可以隨著時間成長的。哪怕人生艱難也好、沉重也罷。可總歸是有笑有淚的。而在一個停滯不變的時間裡，人生就只有一天。在這一天中，無論如何逆襲，一天之後別人都會忘記你的成就，你的一切成果都會歸零。

這樣的生活，恐怕多試幾次後，就會變得非常的無趣。

就如夜不語在書中所說，如果地獄有十九層，那麼第十九層地獄，或許就真的是如同秦盼落入的那種無限重複的地獄。

沒有之一。

最近趕稿挺勤快的，因為我無聊。餃子的課業越來越重了，和我混的時間也越來越少了。有小孩的家庭大多都一樣，大人可以遊手好閒可以上班混日子，但是無論如何混，也沒辦法離開所在地。

一家人，守在小孩讀書的地方，無法離開。

有時候我就在想，有了小孩的人生，是不是足足有十八年，每一個大人都一頭鑽進了克萊因瓶裡了呢？

每天的生活，除了手機上的時間在變，從起床到睡覺，幾乎都是不變了。

還是說，人生，本來就是如此。

腦子有些亂了。

迴圈、漩渦……等等重複的世界，何嘗不是從一出生，就隱形地跟在每一個人身後。大部分人，都生活在機械的重複當中，只是你察覺不到罷了。

好了，越談越哲學了。哲學方面的東西，也不是我書想要講述的方向。所以，就這樣吧，下本書的後記裡，接著聊。

照例招呼一聲，請大家繼續支援本人的作品喔。

夜不語

夜不語作品 26

夜不語詭秘檔案 902：無限死亡

國家圖書館出版品預行編目資料

夜不語詭秘檔案902：無限死亡／夜不語 著.
— 初版. — 臺北市：春天出版國際，2018.10
面；　公分. —（夜不語作品；26）
ISBN 978-957-9609-86-9（平裝）
857.7　　107015298

ISBN 978-957-9609-86-9
Printed in Taiwan

作者	夜不語
封面繪圖	Kanariya
總編輯	莊宜勳
主編	鍾靈
美術設計	三石設計
出版者	春天出版國際文化有限公司
地址	台北市信義區信義路四段458號3樓
電話	02-7718-0898
傳真	02-7718-2388
E-mail	story@bookspring.com.tw
網址	http://www.bookspring.com.tw
部落格	http://blog.pixnet.net/bookspring
郵政帳號	19705538
戶名	春天出版國際文化有限公司
法律顧問	蕭顯忠律師事務所
出版日期	二〇一八年十月初版
定價	170元
總經銷	楨德圖書事業有限公司
地址	新北市新店區寶興路45巷6弄6號5樓
電話	02-8919-3186
傳真	02-8914-5524